KB131937

나보다 소중한 사람이 생겨버렸다

SAKER MIN SON BEHÖVER VETA OM VÄRLDEN

(English title: Things My Son Needs to Know About the World)
by Fredrik Backman

나보다 소중한 사람이 생겨버렸다

프레드릭 배크만 에세이
이은선 옮김

다산
책방

아들아,
이 작품은 너희 할머니에게 바친다.
그분을 통해서 내가 말을 사랑하게 됐거든.
그리고 너에게 바칠게.
그 나머지 모든 이유로 인해.

차
례

일러두기

주석은 모두 옮긴이주입니다.

아들에게

먼저 사과를 하고 싶다.

앞으로 18년가량 내가 하게 될 모든 일에 대해. 내가 놓칠 모든 일에 대해. 내가 이해하지 못할 모든 일에 대해. 네가 나에게 감추고 싶어 할 학부모 상담 안내문에 대해.

나 때문에 네가 당황하게 될 모든 순간에 대해. 내가 따라가겠다고 자청할 모든 캠프와 소풍에 대해. 네가 절대 집으로 저녁 초대를 하고 싶지 않을 여자 친구나 남자 친구 들에 대해.

남들 앞에서 내가 엄마는 틀렸고 아빠는 맞았다며 덩실덩실 춤을 추는 것에 대해.

학부모라면 전부 초대를 받는 학교 소프트볼 대회에 초대받았다고 내가 너무 오버하는 것에 대해. 너희 수학 선생님을 '돌대가리!'라고 부르는 것에 대해. 네 친구들과 하이파이브를 하는 것에 대해.

미니밴을 산 것에 대해.

반바지를 입는 것에 대해.

네가 맨 처음 생일 파티다운 생일 파티에 초대받았을 때 늦은 것에 대해. 놀이공원 놀이 기구 앞에 늘어선 줄이 길다고 짜증을 내는 것에 대해. 스케이트보드 매장 직원을 '친구'라고 부르는 것에 대해. 축구보다 체조를 더 좋아하는 네 마음을 알아차리지 못하는 것에 대해. 번번이 화장실 문 잠그는 걸 깜빡하는 것에 대해…… 안 본 눈을 살 수도 없고 말이지.

명절에 대해. 카우보이모자. 100킬로그램이 넘어야 진짜 남자라고 적힌 티셔츠. 너희 고등학교 졸업 파티 축사.

조금 취하면 재밌는 얘기를 한답시고 자꾸 한 배를 타고 가는 두 명의 아일랜드 남자 얘기를 꺼내는 것에 대해. 그 모든 것에 대해 진심으로, 마음을 다해 사과를 하고 싶다.

하지만 나 때문에 화가 머리끝까지 날 때면 기억해주기 바란다. 나에게 너는 언제까지고 사자 인형을 꼭 끌어안고 알몸으로 복도에 서서 이 하나 나지 않은 잇몸을 보이며 씩 웃던 한 살짜리 꼬맹이라는 것을.

내가 비협조적으로 나올 때마다. 내가 창피하게 느껴질 때마다. 어처구니없고, 부당하게 굴 때마다. 그날을 떠올려주었으면 한다.

네가 내 차 열쇠를 숨겨놓고 어디에 숨겼는지 죽어도 불지 않았던 그날을. 그리고 이걸 먼저 시작한 쪽은 너였다는 걸 절대 잊지 마라.

아빠가

핵심은
내가 너를
사랑한다는 거야 _____

자, 나는 네 아빠라 불리는 사람이다. 이제 너도 그 정도는 파악했겠지. 지금까지 너는 그냥 룰루랄라 살아오며 힘든 일은 다 우리한테 떠넘겼다. 하지만 네가 이제 생후 18개월이 되었다고 하니 이것저것 배우기 시작해야 하지 않겠니? 세상을 사는 요령. 뭐 그런 것 말이야. 분명 그럴 때가 됐다고 이 자리에서 장담할 수 있어.

이 부모 노릇이라는 것이 보기보다 어렵다는 걸 네가 알아줬으면 한다. 챙겨야 할 게 미치도록 많아. 기저귀 가방. 카시트. 동요. 여분의 양말. 응가. 무엇보다도 응가. 챙겨야 할 응가가 *어찌나* 많은지. 너한테 무슨 개인적인 감정이 있어서 이러는 건 아니야. 어린애를 키우는 아무 부모나 붙잡고 물어봐라. 처음 1년은 어휴, 사는 게 온통 응가 위주로 돌아가거든.

응가를 싸는 거. 응가를 안 싸는 거. 응가의 발견. 응가의 향기. 응가를 향한 기다림. 솔직히, 애가 생기면 응가를 기다리느라 허비하는 시간이 얼마나 많은지 말로 다 할 수가 없을 정도다.

"출발할까? 좋아! 쌌어? 응? 뭐라고? 아직이라고? 망할. 알았어알았어알았어. 침착해, 당황할 것 없어. 지금 몇 시야? 기다려야 하나? 아니면 지금 출발해서 그 전에 도착할 수 있길 바라야 할까? 하늘에 맡겨보자! 그래! 안 된다고? 가는 도중에 싸면 어떻게 하느냐고? 맞아. 그래. 조용히 해봐, 생각 좀 하게! 좋아, 하지만 여기서 기다리다가 아무 조짐도 없으면 어떻게 하지? 하늘에 맡기고 일단 출발할까? 그러다 가는 도중에 싸면 이렇게 되는 거지. '으아, 망했다. 이런…… 쏵! 티격태격하지 말고 곧바로 출발했으면 똥 싸기 전에 도착했을 거 아냐!!!'"

알겠니? 자식을 낳으면 늘 이런 식이야. 네 삶이 온통 응가의 유통 관리 위주로 돌아가지. 모르는 사람하고도 허심탄회하게 그걸 주제로 대화를 나눌 수 있어. 농도, 색상, 출고 일정. 손가락에 묻은 응가. 옷에 묻은 응가. 욕실 바닥의 타일 사이에 들러붙은 응가. 응가의 형이상학적인

체험을 운운하기 시작하지. 그걸 학술적인 수준으로 분석하고. 몇 년 전에 스위스의 물리학자들이 빛보다 빠른 미립자를 발견했노라며 획기적인 연구 결과를 언론에 발표했을 때 전 세계가 이 새로운 미립자가 무엇으로 이루어졌을지 궁금해했지만, 어린애를 키우는 부모들은 한결같이 서로를 바라보며 이렇게 단언했지. "똥이야. 똥이라는 데 뭐든 걸겠어."

그런데 최악은 응가, 그 자체가 아니야. 긴가민가하는 순간이지. 아이가 얼굴을 살짝 실룩이는 게 보이면 부모는 이렇게 말한다. "설마……? 아무래도 애가…… 그냥 인상을 쓴 거 아닐까? 그냥…… 방귀를 뀐 걸 거야. 안 돼, 앞으로 세 시간 더 비행기를 타고 가야 하는데 그냥 방귀 뀐 거라고 해줘!" 그러고는 5초 동안 기다리지. 내가 장담하지만 인류 역사상 그보다 더 긴 5초는 없어. 1초마다 1만 개의 영원과 살아 있음을 확인하게 하는 프랑스 드라마 한 편이 펼쳐진다. 그러다 「매트릭스」의 한 장면처럼 시간 자체가 느려지며 냄새가 콧구멍에 다다르지. 그러면 젖은 콘크리트 부대가 얼굴을 후려친 것 같은 심정이 된다. 그러고 나서 비행기 화장실까지 걸어가는 길은 콜로세움에서 사자와 싸우러 나서는 전쟁 노예가 된 듯 비장하다. 나중에 자리로 돌아올 때는 그 전사들이 야만족을 무찌르고 로마로 귀환했을 때 이런 기분이었겠구나 싶지만, 어쨌든 화장실 안으로 들어가는 그 순간의 심정을 묘사할 수 있는 단어는 하나뿐이다. 검투사.

좀 더 크면 네가 생애 최초로 싼 응가에 대해 알려줄게. 그 태곳적 불변의 원변. 모든 신생아가 생후 24시간 안에 싸는 그 응가. 그 응가는 새까맣다. 악마가 싸놓은 응가처럼. 진짜야.

기저귀 갈기가 내게는 전쟁이었다.

그래, 너는 왜 내가 지금 이 얘기를 꺼내는지 궁금하겠지. 그저 인생의 모든 게 어떤 식으로 서로 연결되어 있는지 알려주고 싶어서 그래. 응가는 세상의 일부거든. 그리고 환경과 지속 가능한 발전이 워낙 중요한 화두인 요즘 같은 때에는 거시적인 그림에서 응가가 차지하는 부분을 알아야 해. 현대 과학기술에서 응가의 중요성을 말이야.

왜냐하면 세상이 전에는 지금 같지 않았거든. 모든 게 전자기기와 컴퓨터로 이루어지지 않았었거든. 내가 어렸을 때는 영화를 보고 나서 배우 이름이 생각나지 않으면 알아낼 길이 없었다는 거 아니? 다음 날까지 기다렸다가 도서관에 가서 찾아봐야 했지. 알아. '헐'이라는 거. 아니면 친구한테 전화해서 물어봐야 했는데, 이걸 알아야 해. 친구한테 전화했는데 열 번쯤 신호가 가도 안 받으면 전화를 끊으면서 "에이, 집에 없네" 해야 할지 모른다는 걸. *집-전-화*. 상상이 되니?

그때는 지금과 달랐지. 하지만 이런 온갖 과학기술이 등장했다. 인터넷과 휴대전화와 터치스크린과 기타 등등의 쓰레기들 말이야. 덕분에 우리 세대는 부모가 되면 엄청난 압박감에 시달리게 됐다. 다른 세대 부모들은 그냥 '몰랐다'고 할 수 있었거든. 우리 부모님들이 그랬지. 모유 수유를 하면서 와인을 마셨다? "몰랐어." 아이들에게 아침으로 시나몬 번을 먹였다? "몰랐어." 아이들을 안전벨트도 매주지 않고 뒷좌석에 태웠다? 임신했을 때 LSD를 살짝 했다? "왜 그래, 몰-랐-다니까. 1970년대였잖니. 그때는 LSD가 위험한 약물이 아니었어!"

하지만 우리 세대는 알거든. 우리 세대는 모르는 게 없거든! 그러니까 네 어린 시절에 문제가 생기면 내가 책임을 져야 해. 내가 '소신껏' 그랬다고 해도 법적으로 절대 그냥 넘어가주지 않아! 인터넷 검색을 할 수 있었잖아요. 검색을 했어야죠. 아니, 도대체 왜 검색하지 않았어요?

제장.

우리는 그냥 실수를 저지르고 싶지 않을 뿐이야. 그뿐이야. 우리로 말할 것 같으면 어른이 되었을 때 너 나 할 것 없이 한두 가지 분야의 전문가로 둔갑한 세대다. 우리에게는 온라인 숍과 세금 공제와 컨설턴트와 개인 트레이너와 애플사의 지원이 있어. 우리는 시행착오를 저지르지 않아. 알 만한 사람에게 연락해서 물어보지. 우리는 천성적으로 너희를 맞이할 준비가 되어 있지 않았어.

그렇기 때문에 우리는 인터넷 검색을 하지. 온라인 커뮤니티의 글을 읽고. 네가 *하마터면* 테이블 모서리에 머리를 부딪칠 뻔했을 땐 의료 기관에 전화해서 그 때문에 '정신적인 충격'을 입을 수 있는지 물어본다. 네가 열여섯 살 때 삼각함수를 이해하지 못하는 걸 보면서 "외상 후 스트레스가 있었나? 그래서 그런가?" 하는 생각을 하고 싶지 않으니까. 네가 하라는 공부는 안 하고 나가서 밤새도록 한심한 레이저 무기와 호버크라프트를 가지고 놀았을 때 우리 책임이라는 소리를 듣고 싶지 않으니까.

왜냐하면 너를 사랑하니까.

그게 핵심이야. 우리는 네가 우리보다 나은 인간이 되길 바란다는 거. 아이들이 우리보다 나은 인간으로 성장하지 못하면 이게 다 무슨 소용이겠니? 우리는 네가 우리보다 친절하고 똑똑하며 겸손하고 인정이 넘치고 남을 위할 줄 아는 사람이 되길 바라지. 우리 능력이 허락하는 한도 안에서 가장 훌륭한 환경을 만들어주고 싶어 하고. 그렇기 때문에 수면법을 따라 하고, 세미나에 참석하고, 인체공학적인 욕조를 장만하고, 카시트 영업 사원을 벽에 밀어붙이고서 고함을 지른다. "가장 안전한 거! 가장 안전한 카시트를 달라고, 알겠어요?!" (물론 나는 절대 그런 적 없다. 네 엄마가 하는 얘기는 한 귀로 듣고 한 귀로 흘려도 돼.)

우리는 너의 어린 시절 내내 「빅 브라더」* 속의 집은 가소롭게 보일 정도로 철저하게 전자기기로 감시하고, 영유아 수영 강습에 데려가고, 성별 구분이 없는 색상의 통기성 좋은 실용적인 옷을 장만하고, 실수를 저지르는 것을 병적으로, 그야말로 병적으로 두려워한다. 부족한 부모가

* 외부 세상과 단절된 집에서 일정 기간 생활하는 참가자들의 모습을 보여주는 리얼리티 TV 프로그램.

될까 봐 말로 표현할 수 없을 만큼 두려워하지. 지금껏 인류 역사상 가장 엄청난 자아도취자로 지내오다 부모가 되고 나서 우리가 사실은 얼마나 하찮은 존재인지 깨달았거든.

마음의 준비가 되어 있지 않으면 앞으로 숨을 쉬어도 내가 쉬는 게 아니라는 깨달음이 더 충격적으로 다가오기 마련이거든.

우리는 그저 너를 보호하고 싶은 마음뿐이야. 살다 보면 느껴지는 실망과 결핍과 슬픈 사랑으로부터 너를 구하고 싶은 마음뿐이야. 사실 제대로 하고 있는지는 전혀 알 길이 없어. 아이를 낳는다는 것은 여러모로 도자기 가게 안에서 불도저를 운전하는 것과 같거든. 그것도 부러진 다리로. 스키 마스크를 거꾸로 쓰고. 술 취한 상태에서.

하지만 에잇! 노력해볼 거다. 왜냐하면 능력이 닿는 한도 안에서 가장 훌륭한 부모가 되고 싶거든. 우리가 바라는 건 그뿐이야.

그래서 인터넷 검색을 한다. 모든 걸 검색해. 그리고 환경에 신경을 쓰지. 이 지구는 부모 세대로부터 물려받은 게 아니라 자녀 세대한테서 빌려 쓰는 거라는 둥 어쩌고저쩌고 하니까. 우리가 그 어쩌고저쩌고를 믿으니까! 그 어쩌고저쩌고를 위해 싸울 준비가 되어 있으니까! 석양과 바위와 감동적인 문구와 어쩌고저쩌고가 담긴 포스터를 액자에 넣어서 거실 벽과 온 사방에 걸어놓았으니까! 우리는 좀 더 괜찮은 차를 장만한다. 재활용을 하고. 안에 아무도 없으면 저절로 꺼지게 조그만 모션 센서를 모든 전등에 설치한다. 그리고 가끔은 선을 넘지. 의도는 좋지만 너무 많은 걸 바라기 때문에. 우리 세대가 가끔 욕심이 지나칠 때가 있다는 걸 부디 이해해주기 바란다. 어떤 빌어먹을 천재가 기저귀 교환대를 갖춘 쇼핑센터의 화장실에 모션 센서를 장착한 이유도 그 때문이야. 안에 들어간 지 30초가 지나면 조명이 꺼지도록 모션 센서를 장착한 이유도.

그럼 시작해볼까. 너와 나. 그리고 응가. 온 사방은 어둠.

너는 아직 어려서 그 나무로 된 링을 붙잡고 매달리기 시합을 하는 올림픽 체조 선수들을 본 적이 없겠지만, 화장실에 앉아서 꺼진 불을 다시 켜려고 할 때 그 비슷한 상황이 벌어진다고 보면 돼. 그러니까 한 손에는 아령만큼 묵직한 기저귀를 들고 한 손에는 물티슈 반 팩을 들고 무

나는 그냥 네가 알아주었으면 좋겠다.
내가 너를 사랑한다는 걸.
내가 정말로, 정말로 최선을 다했다는 걸.

룰으로는 아이가 기저귀 교환대에서 떨어지지 않게 막으며 한쪽 다리로 서 있을 때, 불을 다시 켜려면 「백조의 호수」를 어떻게 현대적으로 재해석해야 하는지 알겠지?

바로 그런 순간이 닥치면 우리 세대가 친환경적인 과학기술을 추구한답시고 살짝 오버한 거 아닌가 싶어. 그냥 내 생각이 그렇다고. 무슨 뜻인지 알겠니?

알아주었으면 좋겠다.

나는 그냥 내가 너를 사랑한다는 걸 알아주었으면 좋겠어. 너는 좀 더 나이를 먹으면 네 어린 시절에 내가 얼마나 수도 없이 많은 실수를 저질렀는지 알게 될 거야. 나도 알아. 그건 포기했거든. 하지만 내가 정말로, 정말로 최선을 다했다는 걸 알아주었으면 좋겠다. 나는 전장에 모든 걸 바쳤어. 내가 가진 모든 것을 쏟아부었어.

미친 듯이 인터넷 검색을 하는 것으로.

하지만 그 안은 정말로, 정말로, 정말로 어두컴컴했다. 그리고 사방이…… 응가 천지였어. 가끔은 그냥 직감을 따라야 할 때도 있는 법이지. 솔직히 너는 거기서 살아 나온 걸 다행스럽게 여겨야 해.

내가 죽으면
기억해주기 바라는 것

1. 롤러코스터에서 뛰어내린다.

2. 위에 매달린 밧줄을 잡고 기다렸다가 배에 다다르면 럼주가 든 통을 집는다.

3. 램프에서 기름병을 꺼낸다.

4. 기름을 밧줄에 바르고 밧줄로 술통을 묶는다. 덩치 큰 스노몽키를 찾아가 몽키 팔 아래에 술통을 넣는다.

5. 리척이 등장해서 너를 태워 죽이려고 하면 후추를 뿌려 밧줄에 대고 재채기를 하게 만든다. 그러면 밧줄에 불이 붙어서 술통이 폭발하고 리척은 죽는다.

이게 「원숭이 섬의 비밀」 마지막 판을 깨는 방법이야.

네 엄마가 아무리 눈을 부라려도 상관없어. 죽을 땐 죽더라도 이건 다음 세대에 전수해야지.

너에 대한 나의 기대치가
어느 정도인가 하면

네 엄마 (벨기에의 아동 심리학자가 쓴 책을 읽으며) 이 책에 따르면 지금 우리 아들은 발달 단계상 뇌의 아주 구체적인 기능에 집중하는 시기래.

나 아하…….

네 엄마 아이마다 집중하는 게 다르대. 어떤 아이는 이리저리 돌아다니고, 어떤 아이는 언어능력을 키우고, 또 어떤 아이는 아주 일찍부터 뭘 잡는 법을 터득하고.

나 뭐? 그러니까 아이마다 각기 다른 초능력이 생긴다는 말이야?

네 엄마 (진심으로 그렇게 생각하는 표정은 아니지만) 응…… 뭐…… 그렇다고 볼 수도…… 있겠지.

나 그러니까 「엑스맨」에 나오는 자비에 학교 비슷하네?

네 엄마   (한숨을 쉬며) 응. 맞아. 비슷하지. '이리저리 돌
아다니기'도 초능력으로 간주할 수 있다면.

나   (바닥의 큼지막한 쿠션 위에 누워서 잠이 든 너를 보
며) 우리 아들한테는 어떤 초능력이 있을지 궁
금하네.

네 엄마   (너를 보며) 잠을 엄청 잘 자는 것만큼은 분명해.

(정적)

나   엄청난 초능력은 아니다, 그치?

네 엄마   그렇지.

(정적)

나   엄청 실망인데, 우리 아들.

네 엄마   뭐야! 그렇게 얘기하면 안 되지!

나   왜? '잘 자는' 아이는 「엑스맨」 안에서 괴롭힘을
심하게 당할 게 분명하잖아.

네 엄마   (너를 안고 나가며) 그런 소리 들을 필요 없게 애
　　　　　를 침대에 눕혀야겠네.

나　　　울버린의 엄마가 자기 아들을 그렇게 나약하게
　　　　　키웠을 것 같아? 응?

(정적)

나　　　그런데 생각해보니까 말이야, 얘가 밤새도록 악
　　　　　당이랑 싸우느라 지쳐서 그런 건 아닐까?

출생 계산법

간호사 아하, 아드님이 몇 주 일찍 태어났다고 여기에
적혀 있네요.

나 네, 맞아요. 37주에 태어났어요.

간호사 음, 아니에요, 여기에는 36주 5일이라고 되어
있는데요.

나 맞아요, 36주 5일. 그럼 37주 아닌가요?

간호사 음, 아니에요, 저희는 그런 식으로 계산하지 않
아요. 36주 5일이라고 해야 해요.

나 그러니까…… 아이가 36번째 주에 태어났다는
말씀인가요?

간호사 네, 36주 5일이에요.

나 하지만 그건 37번째 주 아닌가요?

간호사 음, 아니에요…… 저희는 그런 식으로 계산하지

않거든요.

나　'그런 식으로 계산하지 않는다'라는 게 무슨 뜻이에요? 주 수로 계산하는 거 아닌가요?

간호사　음, 아니에요, 일수로 계산해요.

나　그럼 주는 뭘로 이루어져 있는데요?

간호사　일로 이루어져 있죠. 저도 그건 알아요.

나　그러니까 36주다?

간호사　그리고 5일요.

나　그러니까 36번째 주다?

간호사　음, 네. 그리고 5일요.

나　하지만 36주에서 5일이 지나면 37번째 주 아닌가요?

간호사　음, 그렇게 볼 수도 있겠네요.

나　그렇죠!

간호사　하지만 저희는 그런 식으로 계산하지 않아요.

나　그럼 그게 몇 주인데요?

간호사　36주 그리고 5일요.

나　그럼 36번째 주인가요?

간호사　음, 그게……

(한참 동안 정적)

간호사　뭐가 필요해서 오셨어요?

나　　　진통제요.

기억할 것

간호사들은 아이에게 '배변 훈련'이라는 단어를 쓰는 것을 좋아하지 않는다.

내 생애
가장
행복한 날 _____

볼풀장에서 쉬하지 말 것.

내가 너에게 할 수 있는 충고는 그거 딱 하나야.

그리고 화살표와 반대 방향으로 가지 말 것. 진짜야. 내가 너를 워낙 사랑하니까 지금 이 자리에서 알려준다만, 이케아에서 바닥에 그려진 화살표와 반대 방향으로 가려면 각오해야 해. 바닥에 화살표를 그려놓은 이유는 누구나 알다시피 어느 쪽으로 가면 되는지 알려 아수라장이 되는 걸 막기 위해서지. 이케아 안에서 모두가 한 방향으로 가지 않으면 아수라장이 될 거야, 그렇지 않겠니? 우리가 알던 문명이 무너지고 어두컴컴한 가운데 화염이 이글거리는 격한 심판의 날의 지옥이 펼쳐질 거야.

만약 네가 반대 방향으로 간다면 다른 사람들이 너를 노려보며 주머니 안에서 주먹을 불끈 쥐는 데 그치지 않을 거야. 이케아에는 전 세계를 통틀어 가장 적극적인 수동 공격적 성향의 고객들이 모여 있거든. 머리를 자주색으로 염색하고 멘톨 담배 냄새를 풍기는 늦중년의 아주머니들이, 포경선이 그린피스 로고를 단 고무보트를 공격하듯 카트로 네 정강이를 들이받을 거야. 나이 많은 아저씨들은 몸의 특정 부분을 섞은 욕설을 할 테고. 아기 띠로 어린애를 안은 아버지들은 '우연찮게' 너와 박치기를 할 테지. 솔직히 네가 고속도로에서 역주행을 한다 해도 모르는 사람들이 이 정도로 사납게 굴지는 않을 텐데. 너는 무법자가 될 거야. '친구들과 함께 숲속에서 재밌게 지내는' 그런 무법자가 아니라, 사냥철의 사냥감이 된다는 얘기야. 네가 만약 「로빈 후드」 영화 안에서 케빈 코스트너와 러셀 크로에게 "저도 무법자인데 같이 다녀도 될까요?"라고 물으면 그들은 이렇게 되물을지 몰라. "뭘 어쩌겠다고? 제정신이야? 이봐, 우리는 사람을 죽이고 신성을 모독하고 약탈하는 사람들이야. 설교를 늘어놓으려는 건 아니지만 뭘 잘못 먹은 거야? 화살표 안 보여?!" 그건 남이 찜해놓은 주차 공간을 슬쩍하는 것만큼이나 나쁜 범죄야. 그런 짓을 저지르면 살해당해도 할 말이 없지. 그게 원칙이니까.

하지만 그게 아닌 이상, 볼풀장에서 쉬하지 말 것. 그게 사실 제일 중요한 항목이야.

그래. 이케아에 대해 이렇게 구구절절 얘기하다니 이상하다는 생각이 들 수도 있겠지. 지당한 반응이야. 하지만 나는 내 생애 최악의 날을 여러 번 거기서 경험했다. 솔직히 치과하고 화장터 말고는 웬만하면 그 정도로 피하고 싶은 곳도 없어. 그렇다고 거길 가느니 팔 한쪽을 자른다거나 분뇨를 먹겠다는 건 아니야. 내가 정신병자는 아니니까. 하지만 몇 년 전 일요일에는 그보다 살짝 수위가 낮은 일이라면 뭐든 감수했을지 몰라. 한번은 네 엄마가 뻥인지 아닌지 시험하느라 "뭐든지?"라고 묻길래 내가 "이케아만 아니면 뭐든지!!!"라고 했더니 알몸으로 쓰레기를 버리고 오라고 하더라. 그건 딴 얘기다만. 하지만 있잖니. 너도 나이를 먹겠지, 결국에는. 그럼 다른 사실들을 깨닫게 될 거야. 예를 들면 이케아에서 생애 가장 행복한 날을 여러 번 경험할 수도 있다는 것을. 그리고 어느 정도 시간이 지났을 때는 조수석에 탄 사람에 비하면 트렁크 안에 실린 물건은 아무 의미가 없어진다는 것을.

너는 어른이 되겠지. 학교를 졸업하겠지. 어느 날 집으로 내려와서 대학교를 때려치우고 밴드를 결성하겠다고 선포하겠지. 아니면 술집을 열겠다고. 아니면 태국에서 서핑 숍을 시작하겠다고. 눈썹에 피어싱을 하고 궁둥이에 용 문신을 새기고 실천 철학책을 읽기 시작하겠지. 좋아. 10대에는 바보처럼 지내도 돼. 그게 10대의 역할이니까. 하지만 내가 너에게 독립을 하면 어떻겠느냐고 운을 떼는 시점도 그 무렵이 될 거야. 이 자리에서 미리 밝히지만 개인적인 감정이 있어서 꺼내는 얘기는 아닐 거다. 그냥 당구대를 놓을 데가 없어서 네 방이 필요할 뿐.

　그러면 우리는 이케아에 같이 가서 네가 쓸 식기와 감자 필러와 전구를 사겠지. 그게 부모의 역할이니까.

　나는 1990년대 후반에 독립했다. 너는 2020년대 후반쯤에 독립하겠지. 가장 쓸모 있는 충고가 있다면 설거지를 자주 할 필요가 없게 접시를 넉넉히 사놓으라는 거다. 그리고 다 마신 탄산음료 캔을 모아놓을 수 있게 여기저기 숨은 수납공간을 많이 만들어놓으라는 것. 그리고 집 안에 약물을 두지는 말라는 것. 그래, 네가 무슨 생각을 하는지 알아. '친구 거'라고 핑계를 대면 모면할 수 있을 것 같지? 하지만 네 엄마가 찾아갔을 때 그 말을 믿을 거라고 생각한다면 착각이야. 네 엄마는 멍청한 사람이 아니거든. 그 탄산음료도 다 네가 마셨다는 걸 알 거야.

그거 말고는 간섭하지 않겠다. 남자에게 첫 아파트는 자기 것이거든. 그런데 아주 사소한 충고를 하나 하자면 첫 소파는 중고로 사는 게 좋아. 이케아 제품 말고. 데스스타*만큼 큼지막한 갈색 가죽으로. 바운시 캐슬**이 아니라 소파라고 확실하게 단정하려면 어느 정도 시간이 걸리는 그런 종류 있잖니. 네 친구 양말 선생이 그 위에서 담배를 물고 잠이 들더라도 불이 저절로 꺼질 만큼 쿠션이 너덜너덜한 거. 비디오 게임을 끄고 침대까지 갈 것도 없이 거기서 5일 중 4일 밤을 신세 지게 될 테니 형태보다 기능을 먼저 생각해. 필요한 소파가 아니라 원하는 소파를 사도록 하고. 내 말 들어. 앞으로 그럴 수 있는 기회가 두 번 다시 없을 테니까.

왜냐하면 조만간 너는 사랑하는 사람이 생길 거거든.

* 「스타워즈」에 나오는 거대한 전투용 인공위성.
** bouncy castle. 공기를 주입해 그 위에서 뛰어놀 수 있도록 만든 성 모양의 놀이기구.

37

그러면 그때부터 모든 소파가 기나긴 협상의 결과물이 될 거야. 그러니까 젊었을 때 사는 것처럼 살아. 꿈에 그리던 소파에서 최대한 뭉그적거려가며.

네가 무슨 생각 하는지 알아. 그런 소파는 너무 비싸지 않겠느냐고 생각하고 있겠지. 하지만 걱정 마. 가서 싣고 오겠다고 하면 공짜로 얻을 수 있을 테니.

지금은 잘 모르겠지만 언젠가는 너도 사랑하는 사람과 함께 살게 될 테고 그때가 되면 이 모든 게 아주 선명한 깨달음으로 다가올 거다.

인생의 거의 모든 상황에서 쟁점은 싸울 때와 물러설 때를 아는 거야. 그것도 나중에 알게 될 텐데, 이케아에 갔을 때만큼 그게 분명해지는 경우가 없지. 어느 화요일 이케아의 소파 커버 코너를 찾아가 보면 2주 동안 쏟아지는 비를 맞으며 맥주 없이 지낸 덴마크의 휴양지에서만큼이나 싸우는 커플을 많이 볼 수 있어. 요즘 사람들은 인테리어에 정말이지 목숨을 건다. 어떤 사실 안에 담긴 상징을 과대 해석하는 것이 전 국민의 취미 생활이 되었지. "그이는 젖빛 유리가 좋겠대. 내 의견 따위는 *신-경-쓰-지-않-겠-다*는 신호지 뭐야?" "아아아악! 그녀는 너도밤나무 베니어판이 좋겠대. 내 얘기 들었어? 너도밤나무 베니어판이라니! 가끔은 내 옆에 누워 있는 사람이 누군가 싶을 때가 있다니까?" 거길 갈 때마다 번번이 그런 식이지. 너에게 훈계를 늘어놓을 생각은 없다만 딱 한마디만 하자면, 이케아에서 이케아 때문에 싸운 사람은 인류 역사를 통틀어 단 한 명도 없어. 남들은 뭐라고 할지 몰라도 대개 범죄소설에 등장하는 술에 찌든 형사들이나 끔직한 단어로 서로를 부르며 책꽂이 코너를 구경하는 결혼 10년차 부부가 옥신각신하고 있다면 여러 가지 이유가 있을 수 있지만, 내 말을 믿어. 그게 찬장 문 때문일 리는 없어.

내 말을 믿어. 너는 배크만 집안의 남자잖니. 네가 사랑하는 사람이 얼마나 많은 단점을 가지고 있을지 몰라도 내가 장담하건대 그 방면에서 네가 질 일은 없어. 그러니까 너의 어떤 면 때문에 사랑하는 사람이 아니라 너의 어떤 면에도 불구하고 사랑하는 사람을 만나렴. 그리고 이케아의 수납용품 코너에 가게 되거든 가구에는 신경을 쓰지 말도록 해. 자기 쓰레기를 네 쓰레기와 함께 수납하려는 사람을 만났다는 사실에 집중. 왜냐하면, 가슴에 손을 얹고 생각해봐. 네가 가지고 있는 쓰레기가 얼마나 많은지.

2008년 5월에 나는 스톡홀름을 벗어나자마자 나오는 이케아에 간 적이 있단다. 때는 일요일이었고 기온은 6천 도쯤 되었는데 에어컨이 고장 났지. 그날 맨체스터 유나이티드가 리그 우승을 차지했는데 나는 그 마지막 경기를 놓쳤어. 카페에서는 레몬 맛 탄산수 말고는 모든 게 품절이었고. 게다가 싸구려 담배 냄새를 풍기는 노파가 카트로 내 정강이를 들이받았다. 나는 지금껏 본 중 가장 구역질 나게 생긴 부엌 전등을 품에 안고 있었고.

그런데 그날이 내 생애 가장 행복한 날 가운데 하루였지.

다음 날 아침에 우리는 같이 살 첫 아파트의 임대 계약서에 서명했거든. 너의 첫 집이지. 사람들은 가끔 내게 묻는다. 네 엄마를 만나기 전에는 어떻게 살았느냐고. 나는 산 게 아니었다고 대답하지.

너도 그랬으면 좋겠다.

너도 어느 토요일 아침에 아스널 셔츠를 입고 예거마이스터[*] 냄새를 풍기는 친구와 함께 찾아와서 '개쩐다'는 단

* 독일의 허브 리큐어.

너의 어떤 면 때문에 사랑하는 사람이 아니라,
너의 어떤 면에도 불구하고 사랑하는 사람을 만나렴.

어나 쓰는 열아홉 살짜리에게 그 갈색 소파를 넘기는 한이 있더라도 그랬으면 좋겠다. 그렇더라도 말이야.

너는 이케아를 싫어하게 될 거다. 정말로. 나사가 없다고 소리를 지르고, 접혀 있던 합판에 베이고, 평생을 바치는 한이 있더라도 이 개떡 같은 TV 스탠드 조립 설명서를 만든 사람을 찾아서 죽여버리고 말겠다고 장담할 거다.

그러다 여길 사랑하게 될 거다.

우리는 아이가 생겼다는 걸 알게 된 직후에 여길 찾았지. 네가 어떤 아이일지 상상하면서. (그날 맨체스터 유나이티드가 맨체스터 시티를 이겼는데 그 경기도 놓쳤다.) 그리고 네가 태어난 직후에 너를 유모차에 태워서 여길 찾았지. 네가 어떤 아이로 자랄지 상상하면서. 그리고 요즘은 어쩌다 한번씩 언젠가는 맨체스터 유나이티드 경기를 또 놓쳐가며 손자가 쓸 물건을 즐겁게 둘러보는 날이 올지 모른다고 상상한다. 언젠가는 내가 2초쯤 다른 데를 보고 있다가 다시 고개를 돌리면 네가 어른이 되어 있는 날이 올테니까.

그러면 내가 복수를 할 수 있겠지.

그러면 내가 너를 일요일 아침 5시 반에 깨우고, *네 게*

임기에 대고 토할 거야. 그리고 같이 여기로 와서 내가 인생을 비롯해 기타 등등에 대해 쓸 만한 충고를 하면 너는 눈을 부라릴 테고, 우리는 이 빌어먹을 상자를 트렁크에 싣는 가장 좋은 방법을 두고 대판 싸우겠지. (내 말이 맞을 테고.)

아주, 아주, 아주 행복할 날 가운데 며칠을 이케아에서 보내겠지.

그러니까 놀아라. 배워라. 쑥쑥 자라라. 네가 좋아하는 일을 찾아가라. 사랑하는 사람을 만나라. 최선을 다해라. 할 수 있을 때 친절을 베풀고 필요할 때는 강하게 나가라. 친구들을 잘 챙겨라. 바닥에 그려진 화살표와 반대 방향으로 가지 마라. 그럼 잘 지낼 수 있을 거다.

그런데 이 시점에서, 솔직하게 대답해봐. 너, 볼풀장에서 쉬 쌌지? 잘했네. 아주 잘했어.

그래,
네 엄마가 안 된다고 했던 거 알아

하지만 말이다.

네 엄마는 '산티아고 베르나베우'[*]가 레드 와인인 줄 알
거든.

엄마 말은 들으면 안 돼.

---

[*] 스페인 마드리드에 있는 축구장.

스니커즈 아이스크림 튀김
만드는 법

(언젠가는 나한테 고마워할 날이 있을 거야)

준비물

밀가루
물
맥주
베이킹파우더
웍
잘게 썬 빵 조각
보건 당국에서 너를 공공의 적으로 선포할 수 있을 만한 양의
기름
스니커즈 아이스크림 한가득
다른 집 부엌
(우리 집 부엌을 썼다가 엄마한테 들키면 증인 보호 프로그램을 신청
해야 할 테니까.)

만드는 법

스니커즈 아이스크림 봉지를 벗겨서 접시에 담고 냉동

실에 넣는다. 풋볼 매니저 게임을 예닐곱 판 하면서 기다린다. 그런 다음 꺼내면 키아누 리브스의 연기(「매트릭스」 1편과 3편의 일부분은 예외다)만큼 딱딱해져 있을 거다.

같은 양의 밀가루와 물에 베이킹파우더 1테이블스푼을 넣는다. 플래시 고든*이 그 아가씨를 찾으러 들어간 동굴 속 물처럼 부글거릴 때까지 기름을 끓인다.

스니커즈 아이스크림을 꺼낸다. 밀가루와 물을 섞은 반죽에 담근다. 기름 속에 넣는다. 먹음직스러워 보일 때까지 15초에서 20초 동안 튀긴다. 꺼낸다. 곧바로 먹는다.

(나는 여기에 시럽, 초콜릿 소스, 벤 앤드 제리 뉴욕 슈퍼 퍼지 청크를 추가한다. 하지만 건강을 생각하고 좀 더 상큼한 걸 원한다면 과일을 곁들이면 된다. 예를 들면 바나나 같은. 그럴 경우에는 심지어 기름을 그대로 써도 된다. 아이스크림을 튀긴 기름에 바나나를 튀기면 되니까.)

이 메시지는 5초 뒤에 자동 폭파될 거다.

* 1930년대 인기 만화 주인공. 영화와 애니메이션으로도 제작되었다.

얄궂게
박수를 치는 아이

그래, 네가 손뼉 치는 법을 배웠더라.

오해는 하지 마, 정말 훌륭하고 멋지다고 생각하니까. 아동 심리학자들 말로는 손뼉치기가 협응력과 창의력, 이 두 가지와 밀접한 관계가 있다고 하더라. 어린아이들은 그런 식으로 자기 정체성을 표현한다고. 그래, 아주 훌륭해.

하지만 말이다. 나는 네가 좀 더…… 열심히 손뼉을 쳤으면 좋겠거든. 그뿐이야. 지금은 너무 느리고 조용해. 꼭…… 네가 맞는다는 걸 주장하려는 사람처럼. 무슨 말인지 알겠니?

그래, 처음에는 나도 그걸 좋게 해석하려고 했어. 평범한 부모라면 그럴 거야. 내가 골프 대회에 참가한 선수인데, 페어웨이에 안착했을 때 네가 갤러리 틈바구니에서 박수를 치는 거라고 상상을 했지. 부엌에서 스윙 연습을 하면서 지평선을 쳐다보고, 네 보행기 앞을 지나갈 때 뭔가에 집중한 사람처럼 모자를 바로 쓰면서 이런 식으로 중얼거렸지. "음, 이제 왼쪽 벙커를 넘기면 그린에 투온할 수 있겠군."

하지만 이제는 그걸 어떤 식으로 설명하면 좋을지 모르겠다. 이제 너는…… 비웃는 거라고 해석할 수밖에 없는 타이밍에 보란 듯이 손뼉을 치니 말이지.

내가 이유식을 먹일 때만 해도 그래. 내 딴에는 재미있게 먹인다고 숟가락이 비행기인 척할 때 말이야. 너는 입 속에 숟가락이 들어갔을 때 미심쩍어하는 눈빛으로 나를 쳐다보고, 내가 기타 치는 흉내를 낼 때 네 엄마가 짓는 것과 똑같은 표정을 지으면서 이유식을 삼키지. 그러고서는 손뼉을 친단 말이야.

길게 치지도 않고. 열심히 치지도 않고. 그냥 세 번 아니면 네 번. 천천히 그리고 조용히.

그러면 꼭 네가 이렇게 얘기하는 듯한 기분이 들거든. "잘했다, 똑똑한 바보야. 내 입이 어디 있는지 찾았구나. 다시 찾을 수 있는지 어디 한번 볼까?"

솔직히 내 자존심에 금이 가기 시작했다고.

아직도
이해가 안 되는 것

네 엄마가 아침상을 차리고 나면 부엌이 청소용품 광고 속 한 장면이 되거든. 내가 아침상을 차렸다 하면 부엌이 아무도 살아남지 못하는 「헝거 게임」이 되어버리고. 아무도 나한테 알려주지 않는 비밀이 숨겨져 있는 게 분명해, 젠장.

두려움 없이
너를
사랑해 _____

너더러 축구를 해야 한다고 강요하는 건 아니야. 당연히 그럴 필요는 없지. 너한테 스트레스를 주면서 사이드라인에 서서 비명과 고함을 지르는 그런 아빠는 될 생각이 없어.

　　그냥 축구를 하면 많은 면에서 수월해질 거라고 강조하고 싶을 뿐이야. 주변 사람들의 쓸데없는 입방아에 오르내리지 않을 수 있다고.

　　지금 당장은 네가 별로 관심이 없다는 걸 알아. 너는 춤추는 걸 훨씬 재밌어 하는 눈치더라. 그리고 맞아, 내가 그 공을 너한테 패스한 건지 아니면 *던진* 건지 아직 서로 의견의 일치를 보지 못했지. 하지만 네 엄마가 음악을 틀자마자 너는 갑자기 약에 취해서 기분이 좋아진 구미 베어처럼 거실을 깡충깡충 뛰어다니더구나.

그게 잘못됐다는 건 아니야. 그건 절대 아니지. 당연히 춤을 추고 싶으면 춰야지.

나는 그냥 축구를 하면 소년 시절을 좀 더 수월하게 보낼 수 있다고 얘기하려는 것뿐이야. 다른 길을 선택하면 소외당할까 봐 걱정이 된다고. 그뿐이야.

그리고 있잖아, 심지어 축구를 꼭 해야 하는 것도 아니야. 그냥 보는 걸 좋아하기만 해도 돼. 어떤 집단의 일원이 되는 게 중요하거든. 소속감을 느끼는 게.

다른 걸 하면 안-된-다는 건 아니야, 절대 아니지. 춤도 좋고 다 좋아. 다른 것도 좋아. 당연하지. 나는 그냥 아무 데도 끼지 못하는 듯한 그 기분을 피했으면 하는 거야. 그런 기분을 누가 느끼고 싶겠니. 이상하게 들릴 거 안다만, 결국 중요한 건 사랑하는 마음이야.

항상 겉도는 기분이 아닌 어딘가에 소속감을 느끼는 것.

왜냐하면 나는 축구를 사랑하거든. 정말로, 정말로 많이. 나는 축구를 통해서 얻는 게 갚을 수 없을 만큼 많아. 그래서 너도 그랬으면 좋겠다. 축구의 현재와 과거와 가능성과 당위를, 그것이 네게 갖는 의미를, 너만의 의미를 하나도 놓치지 않았으면 좋겠다.

네 팀을 찾는 그 마법 같은 순간을 경험했으면 좋겠다. 충성심 또는 반항심 때문에. 연고 또는 역사 때문에. 그 안으로 녹아들고. 끝까지 고수하고. 이름이 멋진 수비수 때문에. 아니면 단순히 순수하고 무조건적인 사랑 때문에.

그 팀의 유니폼이 가장 멋있었기 때문에.

그러면 그 유니폼이 너를 평생 따라다닐 거야. 대부분의 사람들보다 훨씬 오랫동안. 그게 너의 초능력이 될 거야. 그걸 이해 못 하는 수많은 사람과 만날 테지만 네가 결국 어떤 인생을 살게 되든 그 유니폼 덕분에 매주 90분의 기억상실을 경험할 거야. 그리고 가끔은 그게 가장 바람직한 초능력이라는 걸 알게 될 거야.

춤을 추면 안 되는 건 아니야. 그건 절대 아니지.

또는 승마나 싱크로나이즈드스위밍이나 기타 등등 네가 좋아할지 모르는 다른 것도 하면 안 되는 건 절대 아니지. 나는 그런 아빠가 아니란다. 네가 다른 걸 선택해도 백 퍼센트 괜찮아.

네가 운동을 하고 싶지 않을 수도 있지. 대신 골프를 치고 싶을지도! 그것도 괜찮아!

나는 전혀 편견이 없어.

그냥 단지…… 뭐랄까. 소외되는 듯한 기분이 들까 봐 걱정될 따름이지.

그러니까 이번 기회에 축구가 내게 어떤 걸 선물했는지 소개할까 한다.

너를 경기장에 데리고 가서 규칙과 작전만 설명해주면 되는 게 아니거든. 이를테면 핫도그 매점에서 줄을 서지 않는 가장 좋은 방법, 이런 걸 알려줘야 하거든. 그건 하프타임이 시작되기 5분 전이 아니라 하프타임이 끝나고 5분 뒤, 놈들이 모두 자기 자리로 돌아간 다음에 사러 가는 거야. (그리고 네가 응원하는 팀이 득점했을 때 네가 앉은 구역 전체를 오돌토돌한 벽지로 만들고 싶지 않으면 양파 튀김을 빵의 맨 밑바닥에 깔아서 케첩과 가장 멀리 떨어뜨려야 해. 경험에서 우러난 충고랄까.)

그리고 또 다른 면도 있다. 너에게 들려줄 수 있는 가장 환상적인 이야기—비록 하루에 그칠지 몰라도 가장 작은 사람이 가장 큰 사람이 되는 이야기—를 나는 축구에서 배웠거든. 두 번째 기회에 관한 모든 것을. 언제나 새로운 경기가 기다리고 있다는 것을. 모든 주는 일요일로 끝난다는 것을. 우리에게는 완벽해질 수 있는 또 한 번의 기회가 항상 주어진다는 것을.

다른 조건은 어떻든지 간에 처음 시작은 항상 0 대 0이라는 것을.

나중에 어른이 되면 주변에서 종종 너의 첫사랑에 대해 물어볼 거야. 내게는 첫사랑이 이거였다. 어쩌면 너는 전혀 마음에 들지 않을 수도 있어. 겨드랑이에 문신을 새기고 방탄조끼를 만들 수 있을 만큼 머리에 잔뜩 뭘 바르고서, 상태 팀의 골라인과 같은 우편번호를 쓰는 공간으로 들어서자마자 뽕을 맞은 사람처럼 잔디밭을 달리고 땅바닥으로 몸을 던지는 스물두 살의 백만장자라는 개념에 너는 나보다 매력을 덜 느낄 수도 있겠지.

이해한다.

좋아.

네가 결국에는 축구를 싫어하게 될 수도 있어.

그렇다 하더라도 너에 대한 나의 사랑에는 절대, 절대, 절대 변함이 없다는 걸 알아주었으면 한다. 너에 대한 자부심에도. 너는 내 아들이니까. 네가 태어났을 때 나는 허파에서 산소가 빠져나가는 줄 알았어. 네가 빨대로 내 혈관 속에 거품을 불어넣는 것 같았고. 나는 25년 동안 나밖에 모르는 삶을 살다가 네 엄마를 만났고 그다음 너를 만났고, 이제는 일주일에도 몇 번씩 한밤중에 깨어나 두 사람이 숨을 잘 쉬고 있는지 확인한 다음에서야 다시 잠을 청할 수 있어. 이해가 되니? 아이가 생기기 전에 이런 행동을 보였다면 돌고래 노래가 가득 담긴 아이팟과 함께 벽에 패드가 덧대어진 병실에 갇혔을 텐데.

나는 두려움 없이 너를 사랑한다고 말할 수 있어. 나를 쫄보로 만드는 건 그 밖의 모든 것이지.

네가 축구를 하지 않으면 사람들이 뭐라고 할지 겁이 나긴 해. 창피를 당하지는 않을지. 어떤 별명으로 불릴지. 따돌림을 당하지는 않을지. 사람들이 혹시…… 알잖니.

그래, 너는 축구 대신 요트나 발레나 장대높이뛰기나 피겨스케이트를 선택할지 모르지. 그래도 괜찮아. 나는 말뿐이 아니라 진심으로 괜찮다고 생각하는 아빠가 되고 싶다. 상관없다고! 남들이야 뭐라고 하건 네가 좋으면 됐다고.

다만 사람들의 무지와 편견에 대비해 마음의 준비를 하라는 거지.

꼭 축구를 좋아해야 되는 건 아니야. 체스를 둬도 돼.

나밖에 모르던 내가 일주일에도 몇 번씩 한밤중에 깨어나
네 엄마와 네가 숨을 잘 쉬고 있는지 확인한 다음,
다시 잠을 청하곤 해.

노래를 불러도 되고. 아니, 선물 포장할 때 쓰는 리본이 달린 막대 두 개를 흔들며 「타이타닉」 주제가에 맞춰 체육관 매트 위를 뛰어다니는 그런 올림픽 경기 종목에 모든 시간을 할애하겠다고 하면 내가 연습 때마다 따라다닐 거다.

다만 내가 이해를 하지 못할까, 그게 걱정일 뿐.

나는 자식들을 고개 젓게 만드는 그런 아빠는 되고 싶지 않아. 다른 부모와 어울리지 못하는 아빠. 창피한 아빠. 자식이 사랑하는 걸 이해하지 못하는 아빠. 자식을 실망시키는 아빠.

나는 축구를 잘 안다. 다른 건 잘 모르지만 축구는 잘 알지. 미술이나 패션이나 문학이나 컴퓨터나 지붕 공사나 엔진오일 교환에 대해서는 아는 게 거의 없어. 음악은 일자무식이고. 감정을 표현하는 데에도 서툴 때가 많지.

그리고 나는 모든 아이들이 어느 시점에 이르면 아빠가 슈퍼히어로가 아니라는 사실을 알아차린다는 것을 안다. 내가 그렇게 바보는 아니거든. 다만 그 시점을 최대한 뒤로 미루고 싶을 뿐. 너하고 나, 이렇게 둘이서 일요일 오후를 두어 번이라도 즐기고 싶을 뿐. 우리 둘만의 것을. 내가 이해하는 것을. 왜냐하면 나는 두려움 없이 너를 사랑한다고 말할 수 있지만 그 밖의 모든 건 죽도록 겁이 나거든.

이를테면 네 삶에서 내 자리가 없어지는 날.

반드시 축구를 좋아해야 하는 건 아니야.

다만 나는 네가 축구를 좋아하지 않으면 어떤 일이 벌어질지 겁이 난다고 강조하고 싶을 따름이지. 그 소외감. 어색함. 외로움.

내 쪽에서 느낄 그런 감정들 말이다.

카오스 이론

나   '나는 아이 아빠라기보다 가석방 담당관에 더

        가까운 것 같다'는 속담 알아?

아내   그건 속담이 아니잖아.

나   왜 아닐까?

아버지 판
지옥의 묵시록

얼마 전에 육아휴직이 끝난 친한 친구와의 대화.

나   집에서 애들이랑 지내보니까 어때?

친구   (신경질적으로 수염을 긁고, 어쩌다 한번씩 어깨 너머를 반사적으로 흘끗거리고, 멍하니 웅얼거리며) 음, 정말이지 아주 좋았어. 최고였어…….

나   애들이랑 유대 관계도 쌓고.

친구   (불만스러운 표정으로 내 커피 잔을 가리키며) 도대체 왜 그래, 그걸 꼭 거기다 둬야겠어?

나   응?

친구   (씩씩대며) 잔을 꼭 거기다 둬야겠느냐고. 엎지르면 화상을 입을 수도 있잖아!

나   (테이블 아래를 들여다보며) 누가? 여기 아무도 없는데…….

친구　(눈을 동그랗게 뜨고) 지금은 아니지! 하지만 금방
　　　이야. 애새끼들이 얼마나 난데없이 등장하는지
　　　알아?

(정적)

친구　(손끝으로 테이블을 강박적으로 두드리고 천장을 올
　　　려다보며) 네가 지금은 웃지만 두고 봐. 그 속에
　　　파묻혀도 웃을 수 있는지. 기댈 사람도 없지. 편
　　　집증 환자가 된다고. 어디 있는지 안다고, 내 손
　　　바닥 안에 있다고 생각하지만 걔네들은 조용히,
　　　마치 뱀처럼…….

(정적)

아이가 없는 다른 친구　(불안한 눈빛으로 나를 흘끗거리며) '육아
　　　휴직'이 애들이 아니라 베트콩이랑 같이 지내
　　　는 거였어?

우리는
올스파크°를 찾고 있다

나　　이거 아니야? 이건 도대체 어디 끼우라는 거지?

내 친구 J　여기 아니야?

나　　그래. 맞을 거야. 거기 끼워봐.

J　　안 맞아.

나　　체중을 실어서 눌러봐!

J　　안 맞는다고!

나　　아기 의자 조립하기가 어쩌면 이렇게 어려울 수
　　가 있는지 이해가 안 되네.

J　　심지어 '휴대용'이래. 그게 도대체 뭔 소리야?

나　　이제 어떻게 하지? 저거 아니야?

J　　글쎄…… 저게 저런 식으로 삐죽 튀어나오는 거

●　영화 「트랜스포머」에서 모든 트랜스포머의 근원지.

맞아?

나   아니! 그러니까 네가 어떻게 좀 해봐!

J   어째 첫 단추부터 영 잘못 꿴 것 같은데…….

나   설명서가 영 쓰레기네. 상자에 뭐 도움이 될 만
     한 거 적혀 있어?

J   응.

나   뭐래?

J   '조립이 간편해요.'

     (정적. 우리 둘 다 전혀 제대로 조립된 것처럼 보이지
     않는 아기 의자를 뜯어보고 있다.)

J   우리가 트랜스포머가 아니길 다행이다.

네 엄마 아빠의 결혼 생활
: 서론

남자는 여자를 만난다. 여자는 신발을 만난다. 신발은 신발을 만난다. 남자는 지하실을 치운다. 신발이 지하실을 채운다. 남자는 옷장을 치운다. 신발이 옷장을 채운다. 여자가 손님방에 들어가자 손님방이 옷 방으로 변신한다. 남자와 여자는 아이를 낳는다. 여자는 아이 신발을 만난다. 남자는 좀 더 '실용적인' 차를 만난다. 여자는 쇼핑몰을 만난다. 남자가 제동을 건다. 여자에게 신던 신발을 버리지 않으면 새 신발을 사지 못하게 금지령을 내린다.

여자는 남자의 신발을 버린다.

그래. 그래. 이것도 어린 시절의 트라우마, 저것도 어린 시절의 트라우마라고 하지

동물 모양 크래커 상자 앞면의 그림을 딱 한 번 부위별로 나누고 명칭을 적은 게 갑자기 정색할 일이니?

그건 좀 심한 것 같은데.

내가
슈퍼 히어로는
아니지만 _____

좋아, 간밤에 누군가가 열쇠로 우리 차 옆면을 긁어놓았지. 하지만 뭐, 괜찮아.

나는 그런 짓을 저지른 범인에게 화가 나지 않았어.

그래, 전적으로 쓰잘머리 없는 짓이기는 했지. 맞아. 하지만 범인에게는 분명 이유가 있었을 거야. 일진이 안 좋은 하루를 보냈다든지. 여자 친구한테 차였다든지. 토트넘 팬일 수도 있지. 우리가 함부로 판단하면 안 돼. 연민을 가져야지.

그리고 그건 그냥 자동차잖니.

물건이야. 소모품.

그리고 살다 보면 온갖 물건을 쌓아놓게 될 테니 거기에 너무 집착하면 안 돼. 그건 건강에 좋지 않아. 왜냐하면 그 물건의 수량이 엄청 많거든. 아빠는 네가 태어나기 한

참 전에 조지 칼린*이라는 똑똑한 남자를 통해 그걸 배웠어. 다행히 너는 지금 이 자리에서 터득하겠지만.

앞으로 너는 많은 물건을 쌓아놓게 될 거야.

큰 거. 작은 거. 나쁜 거. 더 많은 물건을 만들어내는 게 유일한 존재 이유인 기계. 다른 물건의 부품인 물건. 물건도 아닌 물건, 그걸 들고 계산하러 가면 간밤에 마신 술과 치즈볼 냄새를 풍기는 열아홉 살짜리가 거들먹거리는 표정으로 "이걸 쓰려면 필요한 그 물건"이 있느냐고 묻는 물건. 네가 "무슨 물건요?"라고 되물으면 그 아이는 올빼미처럼 한 바퀴 돌리기라도 하려는 듯 천천히 고개를 저으며 콧방귀를 뀔 거야. "부속품요! 그 부속품이 없으면 이건 아무것도 아니에요! 그 부속품이 없으면 이건 그냥…… 쓰레기예요!"

그 아이는 네 할머니가 아주 나쁜 욕을 할 때 동원하는 말투로 '쓰레기'라는 단어를 내뱉을 거야. 침 뱉듯이. 네가 당연히 이 물건에 대해서 잘 알아서 그러는 줄 알고 그 부속품을 찾아봐달라고 하면 그 아이는 요란하게 한숨을 쉬

* 미국의 스탠드업 코미디언, 영화배우.

며 처음부터 말하지 그랬느냐고 할 거야. 이제 창고에 가서 재고가 있는지 봐야 한다면서. 그쯤 되면 너는 그 아이가 괜히 난리법석을 떠는 건 아닌지 의심스러워지기 시작하지. 하지만 너는 그걸 따지고 드는 성격이 아니야.

사람들은 물건을 좋아한다. 새 물건. 그보다 더 새 물건. 헌 물건을 대체할 물건 그리고 하도 오래돼 복고풍이라 불리며 새 물건 대신 쓰이기 시작하는 헌 물건. 재미난 세상이지.

가끔은 새 물건 때문에 물건을 처분해야 하는 경우도 생기는데 그러면 헌 물건이 사무치도록 그리워지기 때문에 헌 물건인 척하는 새 물건을 만들어내야 해.

헬스클럽 러닝머신에 텔레비전 화면을 달아놓고 나무 영상을 띄워서 숲속을 달리는 듯한 분위기를 연출하는 것처럼 말이다. 그래, 네가 무슨 생각 하는지 알아. "그냥 애초에 숲속을 달리면 되잖아요?" 그런 식으로 궁금해해도 완전 괜찮아. 모르고서 하는 얘기니까. 하지만 헬스클럽까지 차를 몰고 갈 수 있게 고속도로를 만드느라 숲의 나무를 베어낼 수밖에 없었거든. 그리고 응, 네가 무슨 생각을 하는지 이미 알아. "왜 나무를 베어낼 수밖에 없었어요?"라고 묻고 싶은 거지? 하지만 어쩌겠니? 나무들이 고속도로 한복판에 서 있었는걸!

설명하자면 복잡한 얘기야.

그러니까 다시 한번 분명히 얘기하지만 나는 우리 차를 긁은 범인한테 화가 나지 않았다. 차는 그냥 물건에 불과하니까.

그리고 사람보다 물건을 더 귀하게 여기면 절대 안 돼. 너만 해도 그렇지. 네 물건을 보관할 공간을 만드느라 내가 가장 아끼던 물건들을 전부 버렸거든. 왜냐하면 네 물건이 더 중요하니까. 아이고, 그런데 네 물건이 참 많기도 하지. 어린애를 둔 부모는 툭하면 그걸 가지고 투덜거린다. "얘네들은 참 뭐가 많기도 하다니까요?" 우리는 서로 눈길이 마주치자마자 이렇게 외치지. 그게 마치 네 잘못인 것처럼. 그걸 죄다 사들인 사람이 너인 것처럼. 가게에서 한심한 유령을 그려놓고 60달러라고 하는 까만 고무토막인지 뭔지 모를 것을 빤히 쳐다보며 '이 쓰레기를 사주지 않으면 내가 나쁜 아빠인가?'라고 고민하게 만든 사람이 너인 것처럼.

그러면 가게 점원이 웃는 얼굴로 등을 한 대 툭 치면서 말하지. "아이의 안전은 값을 매길 수 없는 거 아니겠습니까?" 하지만 나는 같이 웃지 않아. 왜냐하면 값을 매길 수 있는 게 누가 봐도 분명하거든. 60달러. 떡하니 붙어 있잖아. 그래도 그 쓰레기를 사. 부모 노릇이라는 게 이런 거라고 속으로 중얼거리면서.

그런데 아이들을 위한 쓰레기가 세상에 얼마나 많은지 아니? 네가 태어나기도 전에 장만한 쓰레기가 최악이야. '돌고래 노래' 비슷한 걸 틀어서 단잠을 유도하는 스피커가 내장되어 있다는 장난감 양 말이다. 왜 그 쓰레기를 돌고래 모양으로 만들지 않았을까? 응? 아직까지도 신경이 쓰인단 말이지.

쓰레기. 온 사방이 쓰레기야. 심지어 좋은 쓰레기도 아닌 게 어마어마하게 많아. 그냥 쓰레기 같은 쓰레기지. 아이가 생기자마자 뭐든 할라치면 쓰레기가 필요해진다. 이미 가지고 있는 쓰레기와 호환이 되는 특별한 쓰레기. 차량용 쓰레기. 식탁용 쓰레기. 화장실용 쓰레기. 응가 한 번 처리하는데 얼마나 많은 쓰레기가 필요한지 설명하기 시작하면 입만 아프지. 네가 태어나자마자 내가 가게에 다녀왔을 때 네 엄마가 "기저귀 사왔어?" 하고 외치길래 나는 "당연히 사왔지!" 했는데 네 엄마는 비닐봉지에서 기저귀를 꺼내 미심쩍은 눈빛으로 쳐다보더니 곁에 적힌 문구를 읽고는 "6개월에서 9개월용을 사왔어?" 하지 뭐냐. 내가 "응, 하지만 그걸 사라고 하던데" 하니까 네 엄마는 "9일밖에 안 됐는데?" 했고 나는 "내가 그것도 모르는 줄 알아?" 하니까 네 엄마는 "모르는 것 같은데??!!"라고 하더니 다시 비닐봉지 안을 들여다보며 "이 물티슈는 향이 있다잖아"라고 했고 내가 "아니야"라고 하니까 네 엄마는 "맞아"라고 했고 내가 "아니야"라고 하니까 네 엄마는 "'향이 좋은'이라고 되어 있잖아"라고 했고 나는 "그냥 광고 문구지!"라고 했고 네 엄마가 다시 비닐봉지 안을 들여다보면서 "이건 뭐야?"라고 물어서 나는 "바비큐 그릴용 숯에 씌우는 레인 커버 같은데?"라고 했고 네 엄마가 "도대체 바비큐 그릴용 숯에 씌우는—"이라고 하길래 내가 "정신이 하나도 없었어!!! 됐어???"라고 하니까 네 엄마는 "알았어……" 하면서 눈을 부라렸고 내가 "마음대로 눈을 굴려보시지! 하지만 어떤지 알지도 못하면서! 기저귀 종류가 5백 가지야! 신생아용품 코너에 비행기를 넣어도 되겠어. 당신 마음에 들 만한 걸 사오고 싶었지만 너무

많았다고! 기저귀가 너무, 너무, 너무 많았어! 향이 있는
거, 향이 없는 거, 곰돌이 푸가 있는 거, 곰돌이 푸가 없는
거, 찍찍이가 달린 거, 고무 밴드가 달린 거, 바지 같은 거,
바지 같지 않은 거, 저자극인 거, 컴퓨터게임기를 사은품
으로 주는 거, 항공사 마일리지를 주는 거, 그리고……
나더러 어쩌라고!" 하니까 네 엄마는 "진정해, 프레드릭"이
라고 했고 내가 "당신이나 진정하시지!"라고 하니까 네 엄
마는 "왜 그렇게 화를 내?"라고 했고 나는 "다른 아빠들
이 잔뜩 왔단 말이야! 다들 착-착-착 필요한 걸 잘도 찾아
서 쏙-쏙 바구니로 넣더라고! 그런데 나는 피에로처럼 거
기 서서 모두의 시선이 나에게 꽂힌 기분을 느끼다가 결
국 뭐라도 집어 온 거야!"라고 했지.

　네 엄마는 그게 어떤 심정이었는지 몰라. 무슨 관리처
럼 집에 들어앉아서 명령만 내렸으니까. 하지만 전장에
나가보면 장난이 아니야! 정글에서는 몇 초 안에 올바른
결정을 내려야 한다고!

　그리고…… 쓰레기. 결국에는 쓰레기에 파묻히게 되어
있지. 절대 흥분하지 않고 여유로운, 젊고 멋진 아빠가 되
겠다고 다짐하지만 어느 날 이유식 코너 앞에서 우유 대

체품의 종류가 일곱 가지인 걸 알게 되면 바닥에 드러누워서 울음을 터뜨리게 되어 있어.

그러니까. 뭐.

나는 우리 차가 긁혔다는 데 화가 난 게 아니야. 보험회사에 연락해야 한다는 데 화가 난 것도 아니야. 새로 칠을 하는 동안 일주일 넘게 차 없이 지내야 한다는 데 화가 난 것도 아니고.

아이가 생기면 필요해지는 쓰레기의 절반은 심지어 완제품도 아니야. 조립해야 하는 쓰레기지. 우리 집 복도가 절대 신문을 버리지 않는 노파의 집 욕조 안에서 맥가이버가 블랙 아프간 대마초를 피운 듯한 몰골이 될 때까지 돌리고 조이고 눌러야 한다고.

주인공 매니가 뚜껑이 열려서 고래고래 욕을 하며 "이 설명서를 만든 개××의 상판대기를 후×갈긴다!"라고 협박하는 바람에 디즈니 측에서 방영을 취소했다는 「만능 수리공 매니」의 그 편이 나의 매주 주말 풍경이 되지.

그러니까 나는 그 범인이 우리 차를 긁었다는 데 화가 난 게 아니야. 절대 아니야.

보험 회사 측의 추측에 따르면 '열쇠 비슷한 것'으로 우리 차 꽁무니와 뒷문 전체와 앞문 일부를 긁은 그 범인에게 화가 나지 않았어.

수많은 서류를 작성해야 하는 데 화가 난 것도 아니야.

그 모든 일 자체에는 화가 나지 않았어.

다만 범인이 알아주었으면 하는 아주, 아주, 아주 사소한 사실이 하나 있지.

렌터카를 써야 해서 거기에 카시트를 다시 장착하느라 한 시간이 걸렸다는 거. 내가 그 범인을 찾아내고야 말겠다는 이유가 그 때문이라는 거.

찾아서 죽여버리고 말겠다는 이유가 그 때문이라는 거.

하지만 뭐, 그거 말고는 화가 나지 않았어.

우리는 아이를 낳기 전에는 모든 부모가 슈퍼히어로인 줄 알지. 아이에 얽힌 모든 게 복잡하고 어렵지만 자연스럽게 어찌어찌 해결될 거라고 믿고. 방사성 조산사에게 물리거나 정체 모를 '사고'를 당하고 눈을 떠보면 철골 뼈대를 달고 아무도 모르는 군용 병원에 누워 있을 거라고. 저절로 해결될 거라고.

하지만 그건 착각이야. 내가 지금까지 접한 유일한 초능력이 있다면 임신 기간 동안 믿기지 않을 정도로 예민

해진 네 엄마의 후각이었거든. 그리고 이 자리에서 솔직히 고백하자면 그보다 더 쓰잘머리 없는 초능력도 없더라. 내가 거의 1년 동안 집에서 베이컨을 구워 먹지 못했지 뭐냐.

그러니까 우리는 초능력도 없이 갓 태어난 아이와 함께 버림받은 기분과 두려움을 달래며 퇴원을 한다. 산부인과 병동을 나설 때는 내가 죽든 말든 사막에 버려놓고 떠나는 사람 대하듯 병원 직원을 바라본다. 「나는 전설이다」막판에 좀비들에게 잡아먹히거나 말거나 생존자들이 사는 마을의 문을 열어주지 않는 그 사람들 대하듯 말이다.

집으로 돌아가 잠이 든 아이를 바라보며 앞으로 이 사태의 책임을 누가 져야 하는지 고민한다. 우리일 수는 없거든. 나로 말할 것 같으면 주스를 통째로 마시고 네 엄마는 DVD를 상자에 다시 넣을 줄 모르잖니. 우리는 이런 일에 적합한 사람이 아니야. 누가 테스트를 주관했어야 하는 거 아닌가? 단호하게 반대했어야 하는 거 아닌가? 나는 '심즈 2'가 출시됐을 때 책임져야 하는 부분이 너무 많은 것 같아서 그 게임을 끊었다. 한마디로 '부모가 될 만한 재목'이 아닌 거지.

그럼 어떻게 될까?

겁에 질리지. 그래서 뭘 자꾸 사게 되지. 이것저것.

인체공학적이고 유기농으로 만들어졌으며 교육적이고 해부학적으로 올바른 물건을. 누가 "이건 꼭 사야 해요!"라고 하면 당장 "그래, 맞아, 사는 게 좋겠네"라고 생각한다. 끌어안기 좋은 동물 인형, 레이저 체온계, 치발기, 자바 더 헛처럼 생긴 변기, 막대로 사타구니를 찌르면 모차르트 음악이 나오는 플라스틱 거북. 술을 마시고 홈쇼핑 채널을 보면 양파를 별모양으로 자르는 기구가 있어야 인생이 완벽해질 것 같거든. 2주 동안 태국에 가는데 레게머리를 하면 멋져 보일 것 같고. 그거랑 비슷해.

그래서 온갖 쓰레기를 사들이지. 그런 다음 애초에 산 쓰레기를 어떤 식으로 쓰고 있는지 기록할 수 있게 전화기라는 쓰레기, 비디오카메라라는 쓰레기, 컴퓨터라는 쓰레기를 장만하고. 아이들이 무슨 과학 실험 대상이라도 되는 듯이. 전면에 카메라가 달린 아이폰4의 출시만큼 우리 세대와 너희 세대의 상호작용에 일대 변혁을 일으킨 사건은 없었다는 말은 절대 과장이 아니야. 둘이 나란히 앉아서 화면상으로 너를 볼 수 있게 됐거든. 그때는 셀카가 등장하기 전이었어. 그래서 끔찍했지.

요즘 내 인생이 이렇다.

나는 스테레오 볼륨 높이는 법을 알아내다니 우리 아이가 천재인가 보다고 생각하는 그런 부모가 되었다. 7백 달러짜리 아이패드를 사놓고 한 돌 반 된 아이가 키패드 암호를 풀었다고 멘사에 전화하는 그런 부모가. 전화를 받은 직원이 면전에 대고 단도직입적으로 얘기하지는 않아. 하지만 거친 숨소리를 들어보면 그녀가 무슨 말을 하고 싶어 하는지 알 수 있지. "키패드 암호잖아요! 전립선암 치료제 유전자 코드를 알아낸 것도 아니고 *키-패-드-암-호*요. 그 아이가 천재인 게 아니라 당신이 좀 덜떨어졌을지 모른다는 생각은 안 해봤어요?"

그 직원이 대놓고 그렇게 얘기하지는 않아. 그건 아니야. 하지만 무슨 생각을 하는지 알 수 있지.

이런 순간이 찾아오면 너에게 너무 많은 걸 사주었을지 모른다는 깨달음이 찾아온다. 엉뚱한 쓰레기를 사주었을지 모른다는 생각이. 너에게 잘못된 가치관을 심어주었을지 모른다는 생각이. 나쁜 롤 모델이 됐을지도 모른다는 생각이.

스테레오 볼륨 높이는 법을 알아내다니
우리 아이가 천재인가 보다고 생각하는 그런 부모가 되었다.
7백 달러짜리 아이패드를 사놓고 한 돌 반 된 아이가
키패드 암호를 풀었다고 멘사에 전화하는 그런 부모가.

왜냐하면 말이지. 내가 우리 차를 긁어놓은 그 인간을 죽이겠다는 건 아니야. 내가 미친 것도 아니고 말이지. 그건 그냥 하는 말이야.

그냥 자동차잖니.

나는 이번 사태를 이성적으로 해결할 거야. 범인을 찾아서 어른답게 대화할 거야. 이 작자의 행동을 못마땅하게 생각한다고 말로 표현할 거야. 기껏해야 이 작자가 없을 때 그 집에 몰래 들어가서 가라테 트로피에 입에 담을 수 없는 짓을 저지르는 데 그칠 거야.

어른답게. 왜냐하면…… 너도 알잖니. 그냥 물건이거든. 중요하지 않은. 그런데…… 얘기를 하고 보니…….

이 대목을 쓰는 와중에 일주일 뒤 도장을 다시 한 차를 수거하러 가는 길에 렌터카를 반납해야 한다는 사실을 깨달았다.

그럼 그 빌어먹을 카시트를 우리 차에 다시 장착해야 하잖니. 잠깐만.

그래, 맞아. 아무래도 범인을 죽여야 할 것 같다.

내가 지금 이 자리에서 편파적인 발언을 하려는 건 아니야. 그건 절대 아니지.

그리고 유치원에서 어떤 친구하고 친하게 지내야 하는지 너한테 강요할 생각도 없고.

내가 하고 싶은 말은 뭔가 하면, 오리엔테이션 때 선생님들이 처음 며칠의 적응 기간 동안 학부모들은 다른 방에서 기다려야 한다고 설명을 하셨거든.

그랬더니 어떤 부모가 당장 "어느 방요?" 하고 묻더라. 그러고는 선생님의 안내를 받으며 그 방을 둘러보는 동안 아이폰을 높이 들고는 4G가 잘 터지는지 확인하더구나.

너한테 강요하거나 그럴 생각은 눈곱만큼도 없어. 하지만 그 부모하고 나는 죽이 잘 맞을 것 같네. 내가 하고 싶은 말은 그뿐이야.

너는 아무 말도 하지 않지,
하지만 이렇게 얘기하는 듯한 느낌이야

　좋아. 너는 이제, 어디 보자, 12주가 되었네.

　나는 아침에 일어난다. 5시 직후에. 너를 안는다. 방 밖으로 나간다. 문틀에 발가락을 찧는다. 전등에 머리를 부딪친다. 화장실로 들어간다. 문에 무릎을 박는다. 너를 기저귀 교환대에 눕힌다. 수건 더미를 쳐서 쓰러뜨린다. 기저귀 교환대에 눕힌 너를 한 손으로 누르고 허리를 숙여서 수건을 집으려고 한다. 그러다 네 눈을 찌른다. 너는 화를 낸다. 나는 교환대 아래쪽에 머리를 부딪치고 물을 틀려고 손을 뻗었다가 향수병 두 개를 쳐서 세면대로 떨어뜨린다. 그중 하나가 깨진다. 네 바지를 쳐서 바닥에 떨어뜨린다. 한 손으로 너를 누르고 유리에 베이지 않게 신경써가며 수건에 물을 적시는 동시에, 수납장에 있는 다른 물건을 쓰러뜨리지 않게 만전을 기하며 바닥에 떨어뜨린

네 바지를 원숭이처럼 발가락으로 집으려 한다. 가까스로 성공해 바지를 다시 입히지만 기저귀를 채우지 않았다는 사실을 깨닫는다. 네 바지를 벗기고 기저귀를 채우다 커다란 샴푸 바구니인지 뭔지 모를 것을 넘어뜨린다. 샴푸를 작은 것부터 발가락으로 하나씩 집는다. 그러느라 네 콧구멍을 손가락으로 찌른다. 너는 다시 화를 낸다.

할 일이 끝나자 나는 물을 끄고, 유리 조각과 뭔지 모를 병을 전부 줍고, 너를 안아서 다시 방으로 들어가 침대에 눕히다 기저귀를 거꾸로 채웠다는 사실을 깨닫는다. 게다가 너는 또다시 바지를 벗고 있다.

그런데 너는 꼼짝 않고 거기 누워서 곰곰이 생각하는 눈빛으로 나를 쳐다보기만 한다. 우리의 시선이 마주친다.

아이가 맨 처음 하는 말이 뭐가 될지 정확히 간파하는 부모도 있다는 거 아니?

바로 그때 나는 네 첫마디가 뭐일지 알 것 같은 불안한 예감을 느꼈다. "당신이 가장 약한 연결고리네요. 굿바이."●

● 영국의 「위키스트 링크」라는 퀴즈쇼에서 각 라운드 탈락자에게 진행자가 하는 말이다.

짓궂은 장난을 쳐도 될지
예측하는 기술

　너하고 내가, 너와 비슷한 또래의 딸을 둔 내 친구를 동네 슈퍼마켓에서 만났다고 치자. 친구의 여자 친구가 생선 코너에서 뭘 주문하느라 정신이 없는 걸 보고 친구와 나는 당장 엄청 재미있는 장난을 생각해낸다. 그 여자 친구가 딴 데 보는 동안 유모차에 앉힌 두 아이를 바꿔치기하고 그녀가 자기 아이가 아니라는 걸 알아차리기까지 얼마나 시간이 걸리는지 알아보자는 거야. 재미있겠지, 응?

　그래. 그러다 보니 내가 좀 흥분해서 그 집 딸을 내 유모차에 태우고 숨으려고 슈퍼마켓 저 끝까지 달려갔다고 치자.

　그리고 내가 친구의 여자 친구와 초면이라고 치자. 그리고 5초 뒤에 그녀가 생선 코너에서 고개를 돌렸을 때 맨처음 본 것이 둘이서 짠 듯 네 옆에 서서 키득대고 있는 자기 남자 친구가 아니라고 치자. 그게 아니라 한 살 된 자기 딸을 데리고 유제품 코너 통로를 달리는, 야구 모자를 쓴 생면부지의 투실투실한 남자를 맨 처음 보았다고 치자.

그러면 이 장난이 실제로는 생각보다 조금 덜 재미있을 수 있어. 그냥 그럴 수 있다는 말이야.

그러니까……

네 엄마와 내 친구들이 놀러 왔을 때 어느 커플이 임신 소식을 전하면 나도 같이 기뻐해도 돼. 임신을 하지 않은 쪽과 하이파이브를 하며 술을 권해도 아무 문제 없어. 어떨 땐 그의 어깨를 치며 "이런 엉큼한 인간", 뭐 이런 식으로 툴툴거려도 사회적으로 완벽하게 용납이 되지.

그뿐만 아니라 초기 몇 달은 여자들이 얼마나 피곤해하는지 얘기하고, 심지어 처음 12주 동안 네 엄마는 잠만 잤다고 너스레를 떨어도 어느 정도까지는 괜찮아.

사실 "내 평생 그때만큼 비디오게임을 많이 해본 적이 없어!"라고 행복하게 외치는 것까지도 괜찮지.

전부 괜찮아. 하지만 그 몇 주를 '임신 기간을 통틀어 가장 행복한 시기'라고 표현하는 건 괜찮지 않지. 그 마지막 부분이 아주 중요하다. 결정적이라고 할까.

평생 지워지지 않는 각인

　아이의 탄생을 자축하기 위해 문신을 새기는 아버지들이 많은 모양이다. 초상화. 출생일. 이런 것들을 말이지. 나도 해볼까 고민 중이야. 하지만 그럴 경우 정말 상징적인 걸 새기고 싶다. 너와 나, 그러니까 아버지와 아들의 관계를 한마디로 요약할 수 있는 그런 거 말이지. 지금은 네가 내 어깨에 토해놓은 우유 모양으로 아주, 아주 작은 우리 부족의 문신을 새길까 고민 중이다만.

남자답다는
것의
진짜 의미 _____

＊

　사람들이 말하길 아들에게 남자가 된다는 것의 의미를 가르치는 일은 아버지의 역할이라고 하더구나. 하지만 나는 모르겠다. 사람들이 말하길 대다수의 남자들은 결국 자기들의 아버지처럼 변한다고 하더구나. 하지만 나는 그게 거짓말이었으면 좋겠다.

　네 양가 할아버지는 나와 다른 부류의 남자야. 나보다 더 자부심이 넘치고 강인하지. 가지고 있는 능력도 다르고. 예를 들어 두 분은 타이어를 발로 차보기만 해도 그 차의 품질을 정확히 평가할 수 있어. 그리고 어떤 가전제품이든 손에 얹고 무게를 가늠하면 3초 만에 너무 비싸게 샀는지 아닌지 판단할 수 있고(늘 너무 비싸게 샀다는 결론이 내려지지만).

　두 분은 1970년대 중반 이후로 누군가와 설전을 벌였을 때 틀려본 적이 없다(그전에도 두 분이 틀렸던 게 아니라 다른 사람의 생각도 약간 옳을 수 있다는 걸 인정했을 뿐이고).

두 분은 가다 말고 길을 물어보지 않는다. 도움을 청하지 않아. 원칙이라면 모를까, 돈에 대해서는 절대 왈가왈부하지 않는다. 자기 손으로 쉽게 할 수 있는 일을 왜 돈을 주고 남에게 시키는지 절대 이해하지 못하고(반면에 그 아들들은 처음부터 전문가의 손을 빌리지 않고 왜 혼자 하겠다고 나서서 일을 전부 망치는지 이해하지 못하지. 그것이 거의 모든 세대 갈등의 이유야). 두 분은 그야말로 다른 종족이야. 두 분은 연결 코드가 어떤 식으로 작동하는지 안다. 한밤중에 깨워도 오늘의 대출금리를 소수점까지 알려줄 수 있다. 네가 뭘 사든 실망한 눈빛으로 쳐다보며 얼마냐고 물을 거다. 거짓말로 가격을 20퍼센트 깎아서 얘기해도 "29달러 95센트?! 바가지 썼네! 내가 아는 데서는 그걸 얼마에 파냐면……"이라고 할 거다.

그분들의 집에 놀러 가면 매번 어느 길로 왔는지 대답을 강요할 거다. 기찻길을 가로지를 자신이 없고 그 동굴에는 박쥐가 사는 게 분명하기에 이번에도 그분들만 아는 '특별한 지름길'로 오지 않았다고 실토하면 「브레이브하트」막판에 윌리엄 월리스가 반역자를 쳐다보던 눈빛으로 너를 쳐다볼 거다.

그분들은 그런 남자야.

새벽에 빈손으로 마당에 나가서 테라스를 만들고 들어올 수 있는 분들. 장난하나, 지금? 내가 내 손으로 끝내본 건 그랜드 테프트 오토 4편뿐인데(그마저도 치트키를 썼고).

네 양가 할아버지는 구글이 존재하기도 전에 살 집을 손수 지으셨다. 그게 얼마나 대단한 업적인지 아니? 그분들은 인간이 아니야. 수염이 달린 맥가이버 칼이지. 그분들은 자부심이 넘치고 강인하며 엉뚱한 타이밍에 엉뚱한 얘기를 하실 수도 있어. 그분들이 아버지가 되었을 때는 부부가 같이 육아휴직을 한다는 게 듣도 보도 못한 얘기였고, 타이어가 달려 있고 발로 찰 수 있는 물건이나 손으로 무게를 가늠할 수 있는 물건이 아닌 이상 다루는 데 서툴 수도 있고. 하지만 그분들은 성실하다. 이 사회에서 본연의 임무를 다하지. 세금 신고를 직접 하고 전자레인지를 고치고 텐트를 치고 포드 에스코트의 오일을 갈 줄 안다. 이런 남자들이 자연을 길들였지. 인류의 태동기를 견뎠고. 완벽한 황야에서. 그분들의 어린 시절에는 와이파이도 없었는데. 생각해봐라. 그분들의 어린 시절은 「서바이버」 그 자체였어.

정말로.

너는 맥주병으로 다른 맥주병 따는 법을 아니? 농담이 아니라 나는 20대에 들어서고 한참 지난 다음에서야 그게 우리 아버지가 발명한 게 아니라는 걸 알았거든. 다른 사람이 그런 식으로 맥주병 따는 걸 맨 처음 보았을 때 내가 한 생각은 '우와, 그게 아빠가 생각해낸 방법이 아니었네?'가 아니라 '우와! 이게 전수가 되고 있잖아!'였지.

그게 우리 아버지와 나, 둘 중 누구에 대해 더 많은 걸 시사하는 사건인지 모르겠다만.

하지만 언젠가부터 나는 더 이상 그의 공로를 인정하지 않았다. 우리 세대는 어느 순간부터 그의 세대를 당연하게 여기기 시작했지. 이제 우리에겐 전문가의 기술이 있다. 크로스핏을 받고 디자이너에게 수염을 맡기고 페이스북 상태 메시지를 업데이트하지. 하지만 물이 새는 수도꼭지

* 오지에서 살아남는 리얼리티 TV 프로그램.

하나 고칠 줄 모른다. 캠축이 뭔지도 모르고 테라스를 만들 줄도 모르지.

솔직히 우리는 좀 문제가 있어. 전 세대보다 똑똑하고 강하며 빠른 세대를 양산하는 것이 진화의 핵심이건만. 물론 우리 세대도 여러 면에서 훌륭하긴 하지. 현대적인 측면에서는. 슈퍼마리오 카트 게임에서 30세가 60세에게 질 일은 없다는 데 궁둥이를 걸어도 돼.

하지만 종말의 날이 찾아온다면, 핵무기가 동원된 제3차 세계대전으로 이 세상이 파괴돼 남은 인류가 몇 년 뒤에 벙커 밖을 살짝 훔쳐보았을 때 황량하고 가혹하며 적막한 풍경만 남았다면, 이 몇 명 안 되는 최후의 인류가 가장 똑똑하고 강인하며 유능한 인재를 선발해 종족 재건을 맡기로 마음먹는다면, 어느 누구도 우리 세대를 찾아오지 않을 거야.

아니다, 그건 부당한 설정이네. 당연히 그들은 우리를 찾아오겠지.

부모님이 어디 계시느냐고 묻기 위해.

그런 상황이 찾아오면 우리 세대의 능력이 무용지물이 될 거라는 뜻에서 하는 얘기가 아니야. 누군가가 전기를 다시 발명하지 않는 이상 그 능력을 하나도 쓸 수 없다는 거지.

그러니까 네게 남자란 무엇인지 가르치기가 쉽지 않다는 것을 알아주었으면 한다. 최선을 다해보기는 할게. 고도의 과학기술과 전 세계를 연결하는 정보망과 민주주의 혁명과 의학 발전으로 이루어진 이 놀라운 세상을 설명해볼게. 하지만 어떤 과정을 거쳐 이런 경지에 다다랐는지 아는 분들에 비하면 내가 가르칠 수 있는 건 절반밖에 되지 않을 거야.

너는 그분들의 감정을 당연하게 여긴다는 걸 나도 알아. 그분들이 네 귀에 대고 줄곧 "사랑한다"고 속삭이는 걸 이상하게 여기지 않지. 하지만 그분들에게 그 단어를 가르친 사람이 너야. 네가 있으면 그분들은 다른 남자가 되니까.

왜냐하면 너희 할아버지 세대의 남자들은 우리가 어릴 때 우리를 키우면서 한두 가지 실수를 저질렀을 가능성이 크거든. 하지만 그랬다 하더라도 우리 세대의 틈새와 구멍을 메우는 것으로 당시 저질렀던 실수를 만회하고 있지.

그렇기 때문에 네게 남자란 무엇인지 가르치기가 쉽지

않아. 남자다움의 정의가 전과 다르거든. 그게 문제야.

다른 성인들과 거기에 대해서 논의를 하는 것도 거의 불가능하다. 이 사회는 남자와 여자를 구분하면 안 된다고 끊임없이 주장하지만, 우리는 남녀 간에 어떤 차이가 있는지 정확히 규정하는 데 엄청나게 많은 시간을 할애하거든. 그 논의 자체가 혼란스러워질 수 있어. 이때의 '혼란스러움'은 우리 동네 세븐일레븐에서 내부구조를 (또다시) 싹 다 바꾸었을 때의 느낌을 말하는 게 아니야. 「로스트」 시즌 1에서 등장한 북극곰을 보고 하나같이 "뭐야? 저거 북극곰이야?" 했을 때의 느낌이지(너는 「로스트」를 보지 않았지. 나도 안다. 하지만 어떤 느낌이었는가 하면…… 괴상야릇했다고 할까?).

나도 내가 '불평등'의 진정한 의미를 아직 배워나가는 중이라는 걸 안다. 날마다. 그럴 수밖에 없지. 나는 백인이고 이성애자이며 고등교육을 받았고 직업이 있는 서유럽 국가의 남자니까. 이 세상에 나보다 더 불평등에 대해 모르는 존재는 없어.

하지만 나는 배우려고 노력하는 중이야. 그리고 너는 나보다 더 많이 알았으면 좋겠다.

그러면 정의를 절대 두려워하지 않을 테니까. 평등을 향한 투쟁을 남녀 간의 전쟁으로 잘못 해석하지 않을 테니까. 여자는 너와 똑같은 권리나 자유나 기회를 누릴 자격이 없다고 생각할 일이 절대 없을 테니까. 나는 네가 대부분의 사람들이 원하는 건 특별 대우나 모든 게 똑같은 세상이 아니라, 모두에게 공평한 기회가 주어지는 세상이라는 걸 알았으면 좋겠다. 여자가 너와 똑같은 기회를 누릴 자격이 있으니 문을 잡아주지 않아도 된다는 착각에 빠지지는 않았으면 좋겠다. 여자를 동등하게 대하는 동시에 배려하는 건 불가능하다고 생각하는 일은 없었으면 좋겠다. 너희 할머니들도 가르쳐주겠지만 그건 헛소리야. 너희 할아버지 세대의 남자들에 대해 어쩌고저쩌고 할 수 있을지 몰라도 그 세대의 여자들이 다른 모든 걸 도맡아주지 않았다면 그분들이 세상의 모든 걸 배울 시간도 없었을 거다.

강한 여자들에게 겁먹을 필요 없다는 건 내가 이미 가르쳐주었다고 생각한다. 나로 말할 것 같으면 지금까지 본 중에서 제일 강한 여자와 결혼했으니까.

이 세상은 모든 인간의 자질이나 능력이나 특징을 '남

성적'인 것과 '여성적'인 것으로 나눌 수 있다고 끊임없이 너를 설득하려 들 거야. 하지만 나는 모르겠다. 내가 네 엄마와 싸워서 이길 수 있을지 모르지. 하지만 그건 '고릴라 대 곰'이라고 볼 수 없을 거야. 그보다는 '고릴라 대 코알라'에 더 가깝지.

하지만 네 엄마는 몇 미터를 뛰든 달리기에서는 나를 박살낼 거야. 그리고 나보다 훨씬 재밌지. 인기도 많고. 누구나 신뢰하는 사람이고. 네 엄마가 앞장서면 덮어놓고 전쟁터로 따라나설 사람이 백 명쯤은 될 거다. 나는 트위터 팔로어 구하기도 쉽지 않은데 말이지.

하지만 지능 면에서는 정확하게 판단하기가 어렵다. 어떻게 보면 네 엄마는 분명 나보다 똑똑해. 다들 그렇다는 걸 알아. 하지만 내 꼬임에 넘어와서 결혼을 했잖니. 그렇기 때문에 아직은 내가 한 수 위라는 생각이 든다.

너는 난장판을 만들어놓더라도 네 엄마를 웃게 만들면 처벌을 모면할 수 있다는 걸 이미 터득한 눈치더구나. 그 능력을 단단히 지켜라. 그게 한참 동안 너의 무기가 될 테니까. 내가 여기까지 올 수 있었던 것도 그 덕분이거든.

그리고 네 엄마가 웃음을 터뜨리면, 아아, 나는 그때만큼 내가 남자답다고 느껴질 때가 없다.

그러니까…… 네게 남자란 무엇인지 가르치는 게 쉬운 일이 아니야. 사람들마다 기준이 다르거든. 상대가 누구냐에 따라서도 달라지고.

내가 10대였을 때 사람들은 틈만 나면 이렇게 외쳤지. "남자답게 일어서라." 나는 20대가 되고 한참이 지난 다음에서야 자리에 앉아서 입을 다물고 귀 기울일 줄 알아야, 그리고 틀렸을 때 인정할 줄 알아야 진정한 남자라는 사실을 깨달았다. 그러니까 너는 나 같은 실수를 하지 마라. 어떤 운동경기를 보러 가더라도 선수를 향해 "계집애처럼 비실대지 마!"라고 외치지 마라. 나약하다는 뜻으로 그 단어를 쓰지 마라. 나중에 아이를 낳는 여자의 손을 잡고 있다 보면 그랬다는 데 그 어느 때보다 심한 자괴감이 느껴질 테니까. 표현이 중요하거든. 함부로 쓰지 마라.

그리고 남자답다는 것이 성적 취향과 관련 있다고 생각하는 사람의 의견을 기준점으로 삼지 마라. 남자답다는 게 뭔지 진심으로 궁금하면 로커룸에서 웨일스 럭비 국가대표 팀원들 앞에서 당당하게 자신이 게이라고 밝힌 개러스 토머스에게 물어봐라. 내가 이 세계에 대해서 아는 게

100

남자들은 모두 자기 아버지를 닮아간다고 하지.
하지만 나는 네가 그러지 않았으면 좋겠다.
너는 나보다 훨씬 괜찮은 사람이 되었으면 좋겠다.

많지 않을지 몰라도 그 순간 그 로커룸 안에서 그보다 더 남자다웠던 사람은 없었다는 것만큼은 확실하게 장담할 수 있으니까.

네가 뭐든 되고 싶은 대로 될 수 있다는 걸 기억했으면 좋겠지만, 너의 있는 모습 그대로 지내도 된다는 걸 아는 것이 그보다 훨씬 더 중요하지. 나는 그저 반면교사였으면 좋겠다. 너한테 바보 같다는 소리를 백만 번쯤 들을 수 있으면 좋겠다.

왜냐하면 나는 너에게 남자답게 사는 법을 가르쳐줄 수가 없으니까. 그건 네가 나한테 가르쳐주어야 한다. 그게 우리가 나아가야 하는 방향이야.

사람들이 말하길 남자들은 모두 조만간 자기 아버지를 닮아간다고 하지. 하지만 나는 그러지 않았으면 좋겠다.

너는 나보다 훨씬 괜찮은 사람이 되었으면 좋겠다.

너는 할아버지가 유치원으로 데리러 가면 웃으며 단박에 달려 나왔으면 좋겠다. 벽이 흔들릴 정도로 할아버지를 계속 웃게 만들었으면 좋겠다. 왜냐하면 이미 모든 걸 가지고 있는 남자들에게 네가 선물할 수 있는 건 또 한 번의 기회뿐이니까. 그리고 그분들에게 주어지는 또 한 번의 기회는 오로지 너에게서 비롯되니까. 날이면 날마다.

그분들은 강인하고 자부심이 넘치지. 실수를 저지르는가 하면 부족한 부분도 있고. 하지만 나는 남자로 태어나서 가장 좋았던 것들을 그분들에게 배웠다. 그리고 그분들은 내가 태어난 순간 달라졌다.

더 괜찮은 남자가 되었다.

우리 모두 그랬다.

이 방송을 잠시 중단하고
네 엄마에게 전하는 짧은 메시지

그래, 이제 아이에게 제대로 된 음식을 먹이기 시작했다는 사실에 좀 더 신경 썼어야 했던 것도 같아. 그리고 맞아, 당신이 그게 정확히 어떤 상황인지 설명했을 때 내가 귀담아 듣지 않았을 수도 있었다고 인정해.

하지만 당신이 뭐라 하건 상관없어. 집에서 만든 매시트포테이토가 들어 있는 조그만 플라스틱 밀폐 용기 열 개가 냉장고에 들어 있는 게 보이면 나는 그걸 먹을 테니까. 그게 내 소임이거든. 진화론적으로 어쩔 수가 없어. 그리고 무엇보다 나는 매시트포테이토를 사랑해.

그게 아이용인지 내가 무슨 수로 알 수 있었겠어? 몇 달 전까지만 해도 우리는 포장해서 들고 온 피자를 가리키며 '따지고 보면 홈메이드'라고 했는데 당신이 지금 여기 이렇게 서서 아이 먹일 음식을 직접 만들고 있단 말이야? 당신 뭐야? 메리 포핀스야?

이제 묵언 수행 그만하고 문 좀 열어줘! 여기 진짜 춥단
말이야!

자존심 때문에
일을 망치는 사태를 방지하는 기술

네 엄마가 임신 중이라 사다리를 올라가면 안 됐을 때 생긴 일.

친한 친구 프레드릭이 화장실 전등을 고쳤네요?

네 엄마 네…… 사실 프레드릭이 고친 거 아니에요. 저희 아빠가 고쳐주셨지.

친한 친구 아. 그렇군요.

나 그런 눈빛으로 쳐다보지 마. 나도…… 나도 할 일이 많았다고!

친한 친구 (헛기침을 하며) 그랬겠지. 그랬겠지. 장인어른을 불러서 집 안 수리를 맡기다니 너도 어른이 다 됐다는 생각을 하고 있었어.

(어색한 침묵)

나　　　그게 무슨 소리야?

친한 친구 아니, 그냥…… 대부분의 남자들은 자기 손으로
　　　　전등을 고칠 줄 모른다고 인정하질 않잖아. 아
　　　　마 자존심을 접고 장인어른에게 연락해서 도와
　　　　달라고 하지 않을 거야. 대부분 그걸 자신의 남
　　　　자다움을 위협하는 행위로 간주할 테니까…….

나　　　그건 또 무슨 소리야?

친한 친구 그냥 하는 얘기야.

네 엄마　3일 동안 어두운 데서 볼일을 본 이후로 프레드
　　　　릭의 남자다움을 위협하는 게 얼마나 *적어졌는*
　　　　지 알면 놀랄 거예요.

어느 쪽이 됐든 망했다는
그런 느낌이랄까

유모차를 엘리베이터에 실은 순간 집에 뭘 두고 왔다는 게 생각나는 그런 때가 있잖니. 나는 그걸 가지러 얼른 다시 집으로 들어가지. 그러고서는 생각하지. "잠깐, 내가 버튼을 눌렀던가?" 바로 그 순간 엘리베이터 문이 닫히는 소리가 들린다. 그리고 나는 깨닫는다. 망했다, 너하고 유모차만 실은 채로 엘리베이터가 내려가버렸구나.

그래서 나는 계단을 달려 내려가며 살짝 전전긍긍하지만 또 한편으로는 이렇게 생각한다. "아, 괜찮아, 내가 엘리베이터보다 더 빠를 테니까." 하지만 내려가보니 주민한 명이 이미 자기 층에서 버튼을 눌러버렸는지 내 눈앞에서 문이 닫히고 엘리베이터는 다시 올라간다.

그리고 나는 우두커니 그 자리에 남는다.

이제 선택할 수 있는 길은 두 가지다. 먼저, 달려 올라가는 방법이 있다. 그러면 아이 혼자 엘리베이터에 내버려둔 아빠로 낙인찍히는 것뿐 아니라, 위에서 버튼을 누른 이웃 주민이 엘리베이터를 타고 1층까지 내려왔을 때 아무도 없는 걸 보고 사회복지과에 연락할 수도 있다.

아니면 여기서 기다릴 수도 있다. 그러면 아이 혼자 엘리베이터에 내버려둔 것뿐 아니라 "흐흥, 다시 내려오겠지……" 하며 천연덕스럽게 서 있는 아빠가 되는 거지.

그런 일이 벌어졌을 땐 말이다.

같은 아파트 주민하고 단둘이 엘리베이터를 타게 됐을 땐 말이다, 재수 없는 표정 짓지 말고 얌전히 있어줄래?

'왜'라는
물음에 대한
답 _____

*

그래. 여기는 공항이야. 비행기들이 사는 곳. 그리고 이건 수화물을 옮기는 컨베이어 벨트야. 짱 멋있지? 나도 알아. 이 덕분에 비행기 앞으로 가서 짐을 직접 찾지 않아도 돼. 여기서 노닥거리고 있으면 짐들이 우릴 찾아와. 우리가 무슨 해리 포터라도 된 것처럼 말이야.

그래, 우리가 왜 여기에 왔고 내가 이런 걸 설명해주는 이유는 뭔지 네가 궁금해할지 모른다는 거 알아.

(하지만 정말이지, 가방이 우리를 찾아오다니! 가방용 러닝머신 같지 않니? 내가 어렸을 때는 그런 과학기술이 워낙 감동적이라 가족 여행의 하이라이트였는데…… 그래, 네 아빠를 보면서 눈 부라려도 좋아. 우리 때는 아이패드나 그런 게 없었다고. 그래, 알았다, 모든 **인류**를 위한 **혁신적인 발전**이 또 뭐가 있는지 지긋지긋하게 늘어놓지 않을게.)

하지만…… 내 생각은 이래. 이러니저러니 해도 나는 네 아빠잖니. 그리고 네게 세상이 어떻게 돌아가는지 설명하는 것이 아버지 노릇의 핵심이라고 본다. 그렇지? 그렇지. 그리고 모든 어린이가 어느 시점에 이르면 궁금해하는 대표적인 문제 가운데 하나가 "전쟁은 왜 해요?"일 거라고 본다. 그렇지? 그렇지. 모든 어린이는 지구의 평화를 바라거든. 대부분의 어른들도 그럴 거야. 문제가 복잡해지는 게 이 지점이지.

네가 아무나 열 명을 붙잡고 "전쟁은 왜 해요?"라고 물으면 적어도 절반은 이런 식으로 대답할 거야. "음, 그게 말이다, 모든 전쟁은 기본적으로 종교가 원인이야. 모두들 알다시피!"

그러니까 우리가 지금 이렇게 서서 전쟁에 대해 얘기하고 있으니 신에 대해서 조금 알려주어야 할지 모르겠다는 생각이 드는구나.

그래, 공항 수화물 벨트 앞에서 신을 주제로 대화를 나누다니 이상한 거 아니냐고 생각할 수도 있겠지. 하지만 바닥에 그려진 노란색 선을 주목해주기 바란다. 노란선 밖에 서주시기 바랍니다, 라고 적힌 거 말이야. 나는 그걸 볼 때마다 더할 나위 없이 종교적이라는 생각이 들거든.

나는 네게 신앙생활을 해야 하는지 말아야 하는지 절대 강요하지 않을 거야. 신을 믿어야 하는지도 강요하지 않을 거고. 그건 신과 너와의 문제니까. 네가 엄마에게 잘하고, 사람을 죽이거나 도둑질을 하거나 맨체스터 시티를 응원한다든지 하는 식의 끔찍한 짓을 저지르지 않는 이상 네 도덕의 잣대가 고서가 되건 잼 도넛 상자가 되건 아무 상관 없으니까. 하지만 내가 너에게 이 세상이 어떤 식으로 돌아간다고 생각하는지 설명할 때 종교라는 주제를 빼먹는다면 그건 이만저만 이상한 게 아니야.

왜냐하면 신은 사람들에게 아주 중요하거든. 신을 믿지 않는 사람들에게 특히 중요하지. 내 경험상 신에 대해서 절대 얘기하고 싶지 않다고 주장하는 사람들만큼 신에 대해서 얘기하고 싶어 하는 사람들도 없어. 어느 시점에 이르면 그들은 너를 빤히 쳐다보며 이렇게 물을 거야. "만약 신이 존재한다면 전쟁이 벌어지는 이유가 뭔가요?" 네가 대학교에서 신학이나 철학을 공부하면 이런 걸 가리켜 '신정론적인 문제' 또는 '악의 문제'라고 하겠지만 술집에서는 아마 '너 마침 잘 만났다, 내 말이 맞지, 내 말이 맞지,

응?'이라고 불릴 거다.

나는 이 문제에 대해 열심히 고민 중이야. 아주…… 열심히. 거기에 대한 해답을 찾느라 4년이라는 세월과 적지 않은 금액의 학자금 융자를 투자해 상당히 괜찮은 대학교에서 신학과 철학을 공부했을 정도지. 그리하여 내가 내린 결론은 다음과 같다.

신이 인간을 창조했다. 알았지? 너는 신을 믿지 않더라도 일단 신이 인간을 창조했다 치자. 그래. 그리고 나중에 인간이 여러 가지 것들을 창조했다. 대부분 쓰레기였지. 그러자 신이 "잠깐, 그 쓰레기는 다 웬 거냐?"라고 물었고 인간은 당장 변명조로 대답했지. "네? 아무것도 아니에요! 우리 거예요! 뭐 때문에 신경 쓰세요?" 그러자 신은 서글서글하게 그걸 가리키며 "알았다. 하지만…… 그걸 들고 어디 가려고? 위험해 보이는데"라고 했고 인간은 눈을 부라리며 말했지. "밖으로 나갈 거예요! 당신이 뭔데 그래요? 경찰이라도 되시나?" 그러자 신은 "미안하다, 그런 뜻에서 한 얘기가 아니라…… 하지만 너희가 정말 그걸…… 별로 좋은 생각 같이 보이지 않는다만"이라고 했고 인간은 한목소리로 외쳤지. "과잉보호 좀 그만해요, 우리가 어린애도 아니고! 당신이 우리를 창조한 지도 벌써 15분이 지났잖아요!" 신은 그저 "그래, 그래, 알았다, 알았어"라고 했단다. 인간은 자기들이 만든, 대개 쓰레기로 이루어진 물건을 들고 세상으로 나섰지. 그러자 이 세상에…… 음…… 나쁜 일들이 많이 벌어졌어. 그걸 보고 신이 "그러게 내가 뭐랬니"라고 중얼거렸을 때 인간은 하던 짓을 멈추고 "으아, 저희가 잘못했어요"라고 했을까? 천만의 말씀. 그들은 당장 신을 돌아보며 어마어마하게 심란해하는 표정으로 외쳤지. "왜 우리를 막지 않았어요? 막을 수 있었잖아요! 이건 당신 잘못이에요!"

알겠지? 그게 우리 인간의 천성이거든.

네가 신을 믿는지 모르겠지만 그래도 신은 계속 쿨하게 대처했어. 용수로를 만들고, 정원을 꾸미고, 스테이크와 폭찹에 다리를 부여해 '동물'이라고 지칭함으로써 좀 더 오랫동안 선도를 유지할 수 있는 방편을 마련해주었지(최고로, 기발한, 아이디어랄까). 그런 다음 신은 모든 불을 켜고 외쳤지. "여기 너희들만을 위한 빛이 있고 세상이 있다!" 그러자 인간은 심드렁하게 하품을 하고, 꼼지락꼼지

락 수영복을 입고, 부족의 문신을 새기고, 확인하러 나섰어. 처음에는 분위기가 아주 좋았을지 몰라. 하지만 시간이 어느 정도 지나자 인간은 대부분의 하청업자들이 그렇듯 신 역시 모든 걸 그들이 원하는 그대로 만들어놓지 않았다는 걸 깨달았지. 인간들은 모든 것에 대해 바라는 **특정한** 조건이 있었기에 "신은 우리 말을 절대 듣지 않아. 아니, 이것만 해도 그래, 나는 '하늘색'을 좋아해본 적이 없는데 하늘을 몽땅 하늘색으로 칠해놓으면…… 그 아래에서 어떻게 살라는 거야? 응?" 하고 자기들이 이 세상을 만들었으면 훨씬 더 잘 만들었을 거라고 단정 지었지. 그래서 신의 작품에 손을 대기 시작했지.

신은 그들을 보며 "제발 그건 잡아당기지 마라…… 그러면……"이라고 중얼거렸지만 인간들은 그저 "뭐래?" 하고는 아주 짜증나는 짓을 저질렀어. 그 지경에 이르자 신은 관자놀이를 문지르며 아주, 아주, 아주 오랫동안 산책을 하러 떠났고.

신이 자리를 비우자 인간들은 좀 더 많은 물건을 만들어보기로 했어. 물론 그들에게는 이미 많은 물건이 있었지만 그 무렵에는 모든 게 쓰레기로 전락했거든. 그래서 인간들은 그걸 모조리 처분하기로 했지. 처음에는 괴로울 정도로 속도가 더뎠지만 한 여자(아니면 남자였을 수도 있다)가 불을 발견했어. 두말하면 잔소리지만 불의 효과가 얼마나 끝내줬는지 몰라. 불이 일대에서 가장 핫한 아이템이 될 만큼 인기 폭발이다 보니 자기 쓰레기를 전부 태운 인간들이 그걸 들고 돌아다니며 다른 인간들의 쓰레기에도 불을 질러보기로 했어. 반응이 폭발적이었지. 몇몇 사람들은 불을 가리켜 "돌멩이 두 개를 부딪쳐서 만든 작품 가운데 자갈 이후로 최고!"라고 했지. 하지만 불은 들고 다니기가 조금 힘들었기 때문에 좀 더 괜찮은 방법을 생각해내야 했어. 그래서 한 여자가(아니면 남자가! 그냥 여자였을 거라고 지레짐작하지는 말자. 남자들도 어쩌다 한번씩은 뭘 발견하잖니!) 바퀴를 발명했다.

그런데 다른 사람들이 그 즉시 미심쩍어하며 이렇게 묻기 시작했어. "그래, 바퀴를 발명했다 이거지? 하지만 비즈니스 모델은 어떻게 잡으려고? 확장이 가능한가? 체인점은 낼 수 있나? 자네 계획은 뭐야?" 하지만 그때 수염을 기르고 터틀넥을 입은 (거북목이 아니라 그 스웨터 말이다. 이게 괴상망측한 이야기는 아니거든) 또 다른 사람이 등장해 바

퀴를 흰색으로 칠하고는 스톡홀름의 아트 디렉터들에게
두 배로 비싸게 팔기 시작했어. 그러자 다들 터틀넥에게
"천재다!"라고 외쳤지. 바퀴를 발명한 사람은 "별 말씀을"
이라고 중얼거리며 자기 차고로 돌아갔고.

그렇게 몇 년이 지났을 때 어느 날 여자(혹은 남자) 둘이
바퀴와 불을 들고 사막에 나가서 시신을 묻으려다가(네 몸
을 움직이게 거들면 좋은 친구, 시신을 운반할 때 도우면 훌륭한
친구다) 조금 깊게 무덤을 팠더니 땅이 그들 위로 막 오줌
을 싸기 시작했다. 유전을 발견한 것이었어.

그건 누가 봐도 엄청난 사건이었지. 그들은 다른 사람
들이 있는 곳으로 달려갔고, 서로 하이파이브를 했고, 누
군가가 불을 들고 달려오자 사방에서 외쳤어. "잠깐! 그거
랑 이걸 결합하면 어떻게 될까?" 그래서 그들은 결합해보
았지. 이윽고 또 다른 누군가가 "그런데 이거랑 바퀴를 결
합하면 어떻게 될까?" 하기에 그것도 결합해보았고. 그걸
쳐다보며 다들 "흠, 이게 뭐지?" 하고 있었을 때 터틀넥이
등장해 그걸 흰색으로 칠하고 '연소'나 '엔진' 같은 단어를
만들어내기 시작하니까 여기저기서 "천재다!" 하고 외쳤
지. 그리고 그들은 세상 밖으로 나섰어.

이것은 온 인류의 입장에서 획기적인 돌파구였다. 이제 사람들은 차를 몰고 다니며 하루 종일 서로의 쓰레기에 불을 지를 수 있게 됐을 뿐 아니라 일렬로 다니면서 그럴 수 있게 됐거든! 그들은 이렇게 교통 체증이라는 것을 발명했다. (그리고 엄청나게 빨리 달릴 수 있는데 꼼짝 않고 가만히 서 있는 물건을 보고 '아이러니'라는 재미난 단어를, 전적으로 우연히 발견했고.)

사람들은 교통 체증을 얼마나 끔찍이 좋아했는지 몰라. 정말이지 끔찍이 좋아했지. 얼마나 좋아했던지 겨울 내내 그 안에서 머물 수 있게 바퀴와 엔진 위에 조그만 철제 상자를 얹을 정도였지 뭐냐. 그리고 철제 상자 안에 조그만 구멍을 몇 군데 뚫고, 그 구멍에 딱 맞는 종이컵을 발명하고, 그 종이컵에 역시 그들이 발명한 시커먼 액체를 부었어. 그 액체의 유일한 기능은 잠을 깨게 만드는 거였으니 밤새도록 교통 체증 안에 머물 수 있다는 뜻이었지. 만세!

두말하면 잔소리지만 몇 년 동안은 행복했다. 사람들은 현재를 즐긴 적 없었던 듯이 현재를 즐겼지. 그러다 조금 욕심이 생긴 한 사람이 시커먼 액체에 거품을 낸 우유를 부으면 '라테'라고 부를 수 있다는 사실을 발견하자 모두들 스트레스를 받으며 흥분했단다. 교통 체증 안에 갇혀 있는 동안 철제 상자 안에 젖소를 가만히 앉혀놓을 방법이 없었거든. 그러자 사람들 몇 명이 생각했어. '이보다 나은 교통수단이 반드시 있을 거야!'

그래서 그들은 비행기를 발명했지.

바로 그때 신이 산책을 마치고 돌아왔다. 신은 인간들을 내려다보시더니 감사하고 경건하게도 지상으로 내려오사 무릎을 꿇고 수화물 컨베이어 벨트에서 몇십 센티미터 떨어진 곳에 노란색 선을 그으셨지. 그러고는 말씀하셨어. "누구라도 이 노란색 선 뒤에 서 있으면 짐이 그들을 찾아갈 것이니라."

그런데 한 사람(여자였을 수도 있으니 남자였다고 하지는 않겠다만 솔직히 우리 동네에 사는 로버트였다)이 노란색 선을 보고는 외쳤어. "싫어어! 나는 좀 더 앞에 있을래애애애!" 이 말과 함께 로버트는 선을 넘어갔지. 그러자 다른 사람들도 선을 넘어갔고. 이제는 아무도 가방이 자기들에게로 찾아오는 것을 볼 수 없어.

전쟁이 벌어지는 이유가 그 때문이야.

사람들이 정말이지 열불 나도록 바보 같기 때문이야.

우리 짐이 두 번이나 지나가도록 찾지 못한 이유가
결코, 우리가 휴대전화로 '마인크래프트'를 하느라 그런 건 아니잖니?

그러니까 나는 네가 신앙생활을 하건 말건 상관없어. 다만 이거 한 가지만 서로 합의했으면 좋겠다. 열 사람을 한 자리에 모아놓고 "노란색 선을 넘으면 당사자는 살짝 이득일지 모르지만 다른 사람들은 모두 망해요. 하지만 노란색 선 뒤에 서 있ㅡ 야, 로버트!" 이런 식이 되어버리면 신에게 책임을 물을 수 있는 수준을 넘어선 것일지 모른다고. 오케이?

1, 2년 지나면 너는 말을 배울 테고 그러면 금세 내가 무슨 말을 하건 네가 계속 "왜요?"라고 묻는 시기로 진입할 거라는 걸 나는 안다. 지금 이 자리에서 너의 이해를 돕자면 "왜요?"에 대한 대답의 95퍼센트가 "왜냐하면 사람들이 정말이지 열불 나도록 바보 같거든"이 될 거야.

알겠니? 그래.

그러니까 네 엄마가 잠시 후에 이 자리에 와서 우리 집이 두 번이나 지나가도록 찾지 못한 이유를 물으면 그렇게 대답하자. 내 휴대전화로 둘이서 '마인크래프트'를 하느라 거기에 정신이 팔려서 그랬다고 하지 말고. 오케이?

오케이.

이거 망했다,
느낌이 딱 오네

다른 아빠들은 분명 깔끔하게, 교육학적으로 설명할 방법이 있겠지.

새와 벌과 아이를 물어다주는 황새가 어쩌고저쩌고 하면서.

하지만 말이다. 나는 설명을 하다가 꼬여버렸어. 너무 욕심을 냈어. 사실적인 이야기를 만들겠다고.

간단하게 설명했어야 하는 건데.

나도 알아.

하지만 "그래서 네 아빠는"으로 시작했다가 "아니다, 잠깐, 이렇게 바꾸자, 황새가 말이야……"라고 했다가…… 이 지경에 이르렀네. 이제 네가 유치원에 달려가서 친구들에게 이 아빠가 황새한테 무슨 짓을 저질렀는지 얘기하면 아빠가 잡혀갈 수 있어. 알겠니?

처음부터 다시 시작해야겠다. 오해를 사전에 방지하기 위해 있는 그대로 얘기할게. 준비됐니?

좋아.

아빠가 네 엄마랑 같이 잤어.

이게 무슨 뜻인지 이해하려면 앞으로 몇 년은 있어야 할 거야.

미안. 황새를 등장시켰어야 하는 건데.

너를 보면 「쥬라기 공원」의
티렉스가 살짝 생각나

아침 5시 반에 네가 나를 빤히 쳐다보면 생각나는 건
딱 하나.

아주, 조금이라도, 움직이면,

그 순간 끝장이다.

육아에는 설명서가 딸려 오지 않아, 내가 하고 싶은 말은 그뿐이다

냅킨에다 침을 뱉고.

그 냅킨으로 아이 얼굴을 닦아줘야지. 아이 얼굴에 대고 직접 침을 뱉을 게 아니라.

다 내 탓이다.

애틋하게
기억될
순간들 _____

＊

　지금 너에게는 그게 당연히 아무 의미 없겠지.

　하지만 사람들은 어린 시절을 떠올리면 가장 희한한 순간을 기억한단다.

　예를 들면 서기 2012년 화요일 새벽 3시 35분 같은 때. 네가 깨어 있어. 그리고 나도 깨어 있고. 또다시. 그런데 왜 너는 비정상적이지 않은 평범한 사람답게 다시 자지 않는 거냐? 응? 아빠가 조금 피곤하거든. 2년 동안 제대로 자본 적이 없어서. 이제는 네 할아버지와 함께 차를 타고 한 바퀴, 두 바퀴, 세 바퀴 도는 것 같은 기분이 들기 시작했단 말이다, 알겠니?

　그래, 당연히 너는 모르겠지. 전혀 이해하지 못하겠지. 하지만 네 아빠가 이제는 머리가 아프니 스트리퍼와 약물 매매업자들마저 어처구니없게 여길 만한 시각에 일어나

꼭 이렇게 난리를 쳐야겠는지 자문해주면 정말 고맙겠다.

그래. 네가 플라스틱 기린을 찾고 있다는 거 아빠도 알겠어. 네가 그 플라스틱 기린을 사랑한다는 거 아빠도 알아. 등에 달린 버튼을 누르면 웃긴 춤을 추는 인형. 「오 마이 달링」 노래를 부르면서 동시에 연주를 하지. 어마어마하게 시끄럽게. 우연히 발로 그걸 누를 때마다. 예를 들면 15분 전에 아빠가 온 아파트를 누비며 일곱 시간짜리 종합 격투기 미니 시범을 보인 다음 너를 다시 침대에 눕히고 불을 끄고 거실을 가로질러 아빠의 방으로 가려고 했을 때처럼. 그때 그 빌어먹을 기린이 바닥에 떨어져 있었어. 그리고 거기에 아빠 발이 걸렸지. 노랫소리에 깬 너는 벌떡 일어나서 외쳤지. "기인!!!"

아빠도 네가 기인을 사랑한다는 거 알아.

그리고 아빠가…… 그러니까 뭐냐…… 기인을 죽인 것도 아니잖아. 네가 사랑하는 상대에게 아빠가 그런 짓을 할 리 있겠니.

하지만 기인은 이사를 가야 했어. 지금은 시골의 아주 멋진 농장에서 살아. 거기서 사는 게 더 좋대. 플라스틱 기린은 농장을 엄청 좋아하거든.

너는 이유가 궁금하겠지. 실은 네 엄마한테…… 알레르기가 생겼어. 네가 나중에 엄마랑 얘기해봐.

이제 그만 다시 누우면 안 될까? 응?

내가 너랑 이렇게 소중한 순간을 보내는 걸 싫어하는 건 아니야. 그것만큼은 알아줬으면 좋겠다. 그저 텔레비전에서 재미있는 프로그램이 방송될 때 그 시간을 온전히 즐길 수 있도록 이 소중한 순간을 조금 아끼고 싶을 뿐. 네가 태어나기 전을 그리워하는 것도 아니야. 그건 절대 아니지! 그냥 그때는 지금보다 잠을 많이 잤다고 얘기하는 것뿐이야. 나는 잠자는 걸 좋아하거든. 잘하기도 하고. 나는 잠을 좋아하고 잠도 나를 좋아하지. 네 엄마랑 내가 처음 만났을 때 좋아했던 것 중 하나가 일요일 아침에 일어나서 서로의 얼굴을 바라본 다음 침대 속으로 기어들어가 다시 잠을 청하는 거였어. 가끔은 갓 내린 커피 향을 맡으며 일어나고 싶어서 커피를 끓이고 다시 침대로 돌아간 적도 있었고.

행복했던 시절이지.

그러던 어느 날 아침에 네가 태어났고, 그로부터 1년 정도가 지난 어느 날 아침에 네가 침대를 타고 넘어와 내 손목을 두 손으로 잡고 내 시계로 얼굴을 때려 깨우는 법을 터득했지. 내가 막 중학교에 입학했을 때 6학년생들이 그랬던 것처럼. "아하하하! 너 왜 너를 때리고 그래? 프레드릭이 자기를 때리는 것 좀 봐! 할할! 너 왜 너를 때리고 그래?" 네가 바로 그러고 있어, 이 꼬맹이 깡패야. 왜 그러니? 도대체 뭐가 문제야?

그러면 나는 일어나서 기차 세트가 됐건 뭐가 됐건 네가 이 한밤중에 꼭 가지고 놀아야겠다고 고집을 부린 쓰레기를 가지고 같이 놀아주어야 하지. 그냥 빨리 끝내버리는 게 나아. 왜냐하면 너는 포기할 줄 모르거든. 꼭 작디작은 텔레마케터하고 같이 사는 느낌이다. 나는 네 눈높이에 맞춰서 놀아주고 어린애 같은 구석이 남아 있는, 재미있고 훌륭한 아빠가 되어주어야 한다는 걸 알아. 하지만, 너는 기차 세트를 가지고 놀 때 아무짝에도 쓸모가 없잖니. 네 자존감이나 뭐 그런 걸 짓밟겠다는 게 아니라 조금 객관적으로 건설적인 비판을 하는 거야. 너는 기차놀이에 젬병이라고 누군가는 알려줘야 하겠기에.

일단 너는 기차를 거꾸로 움직여. 그건 리얼리즘에 위배되잖아. 현실을 근거 삼아서 이 놀이를 할 게 아니면 기차를 가지고 놀 이유가 없잖니? 상상력의 한계 없이 막 지어서 놀 거면 끝장을 보는 게 낫지 않을까? 그럼 나는 도깨비와 거인과 궁둥이로 황금 새총을 쏴서 도깨비를 죽이는 유니콘이 있었으면 좋겠다. 하지만 아니야, 너는 그냥 "으하하, 나는 미쳤다. 나는 기차를 거꾸로 움직인다!" 이런 식이야.

정말이지.

기차놀이를 할 때는 기차놀이를 해야지. 기차에는 옳은 방향과 틀린 방향이 있어. 내가 하고 싶은 말은 그거야. 그러니까 말은 다시 식당 칸에 넣어라(그래, 네 엄마는 거기가 아니라고 하는 거 나도 알아. 하지만 식당 칸이 아니면 어디에 말을 넣어야 하겠니?). 그리고 그렇게 화난 표정 짓지 마. 지금 기차는 신호장치에 고장이 나서 터널 안에 가만히 서 있어. '기술적인 문제' 때문에. 받아들여야지 어쩌겠니. 그런 다음에는 다음 역까지 아주, 아주 천천히 가야 해. 왜냐하면 선로에 낙엽이 있거든. 하지만 원하면 내가 기차 회사를 맡고 너는 기반 시설을 관리하는 정부 부처를 맡아서 터널 안에서 승객 몇 명이 얼어 죽은 사건을 놓고 언론에서 서로 공방전을 펼쳐도 돼. 그거 재밌겠다!

자, 분위기 좋아. 너랑 나랑 이렇게 유대감을 쌓고 있어.

그런데 네가 승객을 모조리 꺼내서 저쪽으로 달려가 장난감 차에 쑤셔 넣으려고 하네? 너는 기후변화라는 단어를 못 들어봤니? 정말이지 가끔 보면 너는 네가 남기는 생태 발자국에 대해서 전혀 신경도 쓰지 않는 것 같더라? 내가 나중에 모든 승객을 기차로 다시 옮겨야 하는 데다, 승객들은 너 때문에 짐을 다 잃어버렸으니 소송을 걸겠다고 난리도 아닐 텐데. 어디 가?

뭐야? 화난 거야?

잠깐! 내가 소울 어사일럼 노래를 불렀을 때 어떤 맥락에서 그 노래를 등장시켰는지 이해가 안 돼서 이러는 거야?*

그래! 알았다! 지금은 새벽 4시 반이고 아빠는 네가 태어난 이래 잠을 제대로 자본 적이 없지만 당연히 *네가* 진정한 피해자겠지! 그런 거야? 『트와일라잇』의 뱀파이어가 지금 아빠를 흘끗 본다면 자기들끼리 이렇게 중얼거릴 거다. "저 사람 피는 마시지 마, 에드워드. 아픈 사람 같

---

* 미국의 얼터너티브 록밴드 소울 어사일럼의 대표곡이 「런 어웨이 트레인」이다.

아." 하지만 불쌍한 쪽은 너라고 해야겠지?

그래. 기차놀이는 그만하자. 그럼 우리 이제 자러 갈까?

응?

아니 진짜로, 지금.

응응?

네가 화폐제도를 이해할 수 있을 만한 나이가 되길 이 아빠가 얼마나 손꼽아 기다리는지 너는 모를 거다. 그럼 입 다물고 아빠를 자게 내버려두는 조건으로 백 달러를 줄 텐데. 아빠는 더 이상 못 버티겠거든. 유치원 선생님한 테 대략 몇 살부터 아이에게 수면제 주사를 맞혀도 된다고 생각하는지 물어보면 선생님이 아빠를 경찰에 신고할까? 사람들은 '아이를 재우는 과학적인 방법'을 운운하지만 지금 우리는 그 방법을 쓸 수 있는 수준을 훨씬 넘었어. 아빠가 지금 오스트레일리아의 야생동물 사냥꾼이 민물악어 추적하는 법을 소개한 아주 재미있는 책을 읽어주고 있는데도 소용이 없잖니.

그리고 또 하나. 나는 너희 유치원 선생님을 못 믿겠더라. 이상한 선생님이거든. 예전에 그 선생님이 두 살짜리 열여섯 명하고 방으로 들어가는 걸 한 번 본 적이 있는데,

선생님이 너희를 쳐다보면서 "이제 코 자장 할 시간이에요" 하니까 너희들이 자더라? 무슨 엑스맨도 아니고!

이상해요, 선생님. 이상해요.

잠깐, 지금 어디 가는 거야? 침대에 누워야지! 안 돼, 장난감 자동차 집지 마. 그거 집으면 아빠 울 거야. "아이가 생기면 사는 게 재밌어질 거야." 주변에서는 그랬지. 그래, 겁에 질린 영양 떼를 스트로보 조명으로 진정시키려고 하는 것처럼 재밌다. 애들은 왜 자는 걸 싫어할까? 이유가 뭘까? 어느 잡지에서 읽었는데, 엄마 아빠 중 자기가 더 좋아하는 사람이랑 있을 때 아이들이 자지 않으려고 하는 게 엄마나 아빠를 최대한 오래 붙잡아놓고 싶어서라더라? 내가 어마어마하게 피곤하지만 않았으면 그 잡지사 사무실을 찾아가서 담당 편집자 면상에 주먹을 날렸을 거야, 알겠니?

왜냐하면 네가 엄마를 더 좋아한다는 걸 우리 둘 다 알잖니. 나도 마찬가지야. 네 엄마는 우리 둘에게 주어진 최고의 선물이야. 네가 시끄러운 소리를 내면 안 되는 가장 큰 이유가 그 때문이기도 하지.

나는 너랑 같이 밤을 새야 한대도 감당할 수 있어. 진짜야. 손을 데일 듯이 뜨거운 젖병도, 빌어먹을 플라스틱 기린도, 이제 그만 잘까 얘기를 꺼내기 훨씬 전부터 솜 인형을 정확하게 크기에 따라 일렬로 정리해야 한다는 것도 받아들일 수 있다. 잠이 좀 부족해서 편두통이 생겼고, 뭘 깜빡깜빡하고, 주차장의 엉뚱한 자리에 차를 세우고, 어쩌다 한번씩 집 앞에 서서 우리 아파트에 잠금장치를 설치한 무능한 인간을 욕하다가 이웃 주민이 문을 열고 나와 내가 자기네 집에 무단 침입하려고 했던 이유를 궁금해하면 뻘쭘해지긴 하지만. 가끔 우유와 단백질 셰이크를 헷갈릴 때도 있지만. 한번은 네가 낮잠이 들었을 때 방문과 발코니 문을 헷갈리는 바람에 너를 발코니 가구 위에 눕힌 적도 있지만. 하지만 15분 뒤에 너를 다시 안으로 들여놓았고, 11월밖에 안 됐기 때문에 너는 별 문제 없었고, 내가 책에서 고백하지 않는 한 그 사건에 대해 아는 사람도, 사회복지과에 전화할 사람도 없을 테지.

나는 감당할 수 있어. 나는 잠을 자지 않아도 돼. 다만 네 엄마를 깨우지는 말았으면 좋겠다. 오케이?

왜냐고? 그게 내가 너와 네 엄마를 위해서 할 수 있는 몇 안 되는 구체적인 일 중에 하나거든. 그래, 한심하게 들린다는 거 알아. 하지만 네 엄마가 나보다 하는 일이 워낙 많잖니. 우리 일상 속에서. 너를 돌보느라. 우리를 돌보느라. 그러니까 보답하는 차원에서 최소한 이것만이라도 해줄 수 있으면 좋겠다.

네 엄마는 나보다 훨씬 좋은 부모야. 네 엄마는 네가 복도에 서서 술에 취한 이워크*처럼 소리를 지르고 횡설수설해도 무슨 말인지 정확하게 알아듣지. 밖이 추우면 어떤 옷을 입혀야 하는지도 알고. 진단서를 꼼꼼히 관리해서 비타민을 꼬박꼬박 챙겨놓고, 내가 바로 그 순간 그게 얼마나 필요했는지 깨닫기 훨씬 전에 이미 몸을 앞으로 숙여서 내 목에 입을 맞추어주기도 하고. 너는 아직 알지 못하는, 너는 아직 어려서 이해하지 못하는 네 엄마의 환상적인 부분이 얼마나 많은지 몰라. 너는 네 엄마를 알아나가는 과정을 정말로 사랑하게 될 거야. 엄마의 이쪽과 저쪽과 아무도 모르는 조그만 구석과 구불구불한 복도와 끽끽 소리 나는 벽장문을 알아나가는 과정을. 네 엄마는 어떤 식으로 몸속의 모든 감각을 영원을 왕복하는 느낌으

* 「스타워즈」에 등장하는, 곰 인형을 닮은 종족.

로 음미하며 살아가는지 알아나가는 과정을.

어떤 식으로 모든 걸 다해 우리를 사랑하는지 알아나가
는 과정을.

네 엄마는 우리가 팬티 바람으로 새 소파에 앉거나 축
축한 수건을 욕실 바닥에 내팽개쳐놓으면 우리한테 어쩌
다 한번씩 소리를 지를지 몰라. 카펫에 마요네즈를 쏟거
나 자기 핸드백에 아이스크림을 떨어뜨릴 때도. 하지만 네
엄마는 너와 나를 위해 늑대 떼 앞에 설 수 있는 사람이야.
네 엄마의 남편과 아들이라는 사실이 우리에게는 얼마나
엄청난 축복인지 모른다. 그러니까 우리는 그걸 누릴 자격
이 있다는 걸 증명해 보여야 해. 하루도 빠짐없이.

네 엄마와 함께라면 모든 날이 일요일 아침일 테니까.

그리고 내가 네 엄마보다 잘하는 게 하나 있다면 잠이
부족해도 버티는 거야. 나는 피곤하면 엉뚱한 자리에 주
차하지만 네 엄마는 엉뚱한 직장으로 출근하거든. 내가
힘든 밤을 보내고 나면 치즈가 냉동실에 들어가 있지만
네 엄마가 힘든 밤을 보내고 나면 냉장고가 지하실로 가
있고. 다른 모든 면에서는 네 엄마가 월등하지만 네가 태
어난 직후에 우리는 이것이야말로 내가 좀 더 솜씨를 발

휘할 수 있는 분야라는 결론을 내렸지. 이거 딱 하나만큼은 그렇다고.

그러니까 너랑 나랑 우리 둘이서 이것만큼은 지켜주자. 네 엄마가 날마다 우리를 위해 하는 모든 걸 생각해서 이것만큼은 지켜주자. 일어났을 때 우리의 일요일 아침이 될 수 있게 밤에 잠을 깨우지는 말자.

너도 이해했으리라 본다.

우리가 또다시 여기 앉아서 만화를 보고 네 기차 세트로 노는 이유가 그 때문이야. 아빠는 아빠가 가끔 얼간이처럼 굴 때도 있다는 걸 알지만 그건…… 피곤해서 그런 거다. 하지만 아빠도 노력하는 중이야. 정말 열심히 노력하는 중이야. 왜냐하면 아빠는 너를 사랑하니까. 그리고 맞아, 기인이 그렇게 된 건 아빠도 속상해. 네가 기인을 사랑했다는 걸 아빠도 알거든. 그리고 아빠는 너를 사랑하고. 하지만 기인이는 지금 더 좋은 데 있어. 아니면 기인이가 다른 데 있어서 아빠가 있는 곳이 더 좋아진 것일 수도 있고. 세상엔 한계라는 게 존재하거든.

새벽 4시 50분에는 한계라는 게 존재하거든.

나는 이걸 정말 잘하고 싶어. 아이를 금세 재울 수 있는

아마 지금 이 순간의 기억을 나는 가장 애틋하게 간직할 거야.
네 표정, 네 웃음소리. 그런 걸 나는 기억할 거야.
그 시간은 우리 둘만의 것이니까.

그런 아빠이고 싶지. 훌륭한 아빠이고 싶고. 너를 실망시키고 싶지 않아.

3시 46분에 네가 그 조그만 머리로 묵직하게 내 팔을 누르고 빨간 장난감 기관차를 손에 들고 잠이 들었는데도 내가 이렇게 잠 못 이루고 누워서 너를 쳐다보고 있는 이유가 그 때문이지.

내가 아주 어렸을 때 네 할아버지와 함께 가끔 차를 타고 나간 적이 있거든. 한 바퀴, 두 바퀴, 세 바퀴 차를 타고 돌았지. 목적지가 어디였는지는 모르겠다. 뭘 찾아오고. 뭘 맡기고. 말은 거의 하지 않았어. 내가 어렸을 때는 네 할아버지하고 대화도 거의 나눈 적이 없었던 것 같아. 내가 좀 더 나이를 먹은 뒤에는 그 시간이 엄청 지루했겠다고 생각하곤 했지. 나란히 앉아서 아무 말 없이 달리기만 했으니까.

그런데 네가 태어난 이후에는 이런 생각이 들더구나. 그때가 나나 네 할아버지 입장에서 내 어린 시절의 가장 행복했던 순간일 수 있었겠다고. 왜냐하면 우리 둘만의 시간이었거든.

네가 자라면 나는 아마 지금과 같은 밤의 기억을 가장

애틋하게 간직하게 될 거다. 그때는 두통에 시달리고 욕을 했던 건 기억하지 못할 거다. 기차를 기억할 거다. 널 재우려고 놀이용 텐트 안에 앉아 있던 내게 냉장고 문을 여는 법을 알아낸 네가 얼음을 던졌던 때를 기억할 거다. 네가 잡기 놀이를 시작해 널 잡으러 온 아파트를 뛰어다니다가 옷장 속 트렁크 안에 숨었다 밖으로 못 나오고 끙끙거리는 널 보고 배가 찢어질 정도로 웃었던 거. 내가 꺼내주었더니 네가 내 티셔츠 안으로 난생처음 얼음을 넣었던 거. 그때의 네 표정. 그 웃음소리. 그런 걸 나는 기억할 거다. 그 시간은 우리 둘만의 것이었으니까.

그리고 기인.

어린 시절 하면 떠오르는 추억.

그건 가장 희한한 순간들이지.

분담할 업무를
선택하는 기술

네 엄마하고 같이 집 청소를 할 때 나는 마음만 먹으면 얼마든지 슬그머니 빠져나갈 수 있어. 너도 그렇다는 걸 알지. 나도 그렇다는 걸 알고. 하지만 우리가 그런 남자니, 너하고 내가? 아니잖아.

그래서 집 청소하는 날이 되면 나는 바짓단을 걷어 올리고 셔츠를 벗고 가장 청소하기 어려운 곳으로 두려움 없이 직행한다. 일말의 주저함도 없이.

그래, 맞아. 나는 화장실을 선택한다. 자발적으로. 내가 그 폭탄을 끌어안아. 왜냐하면 나는 그런 남자니까. 나는 두렵지 않아.

그리고 내가 단순히 '청소'만 하는 게 아니라는 걸 너도 알아야 해. 화장실 '청소'는 길 가던 아무개라도 할 수 있지. 하지만 나는 청소를 예술의 경지, 배크만 집안의 남자에게서 배크만 집안의 남자에게로 몇 세대 동안 대물림된 손재주의 경지로 끌어올리거든. 섬세한 기술의 경지로. 그걸 소명이라고 표현할 사람도 있을지 모르겠다만.

훌륭한 화장실 청소 전문가는 만들어지는 게 아니야. 타고나는 거지.

먼저 잡동사니를 치운다. 왕국 안에서 나의 독재정치가 시작되면 고압의 물줄기를 맞고 흔들릴 수 있는 물건은 단 하나도 그대로 내버려두면 안 돼. 무지한 대중은 그 왕국을 '화장실'이라고 부르지만 영웅에게 '화장'이라니 가당치도 않은 단어지.

그런 다음에는 세 종류의 세제로 타일을 문지른다. 거울 속의 거울에 다시 거울이 비칠 때까지 거울을 닦는다. 잠깐이라도 쳐다보았다가는 영영 눈이 멀 만큼 반짝거릴 때까지 치약으로 금속 수전을 닦는다. 국제올림픽위원회가 거기서 피겨스케이팅 경기를 개최하겠다는 신청서를 제출할 수 있을 만큼 샤워기를 꼼꼼히 닦는다.

세면대 아래 수납장을 청소한다. 배수관을 벅벅 문지른다. 미스터 클린 세제 모델이 울고 갈 정도로.

여기까지 다 끝나면 어떻게 하는지 아니? 응? 다시 한

번 똑같은 과정을 반복하지. 확실히 해두기 위해서!

샤워기 청소를 마치면 너무 반짝거려서 까마귀 떼가 훔쳐가려고 할 정도가 되지. 마침내 청소가 끝났을 때, 청소가 모두 끝났을 때, 그냥 남자가 아닌 배크만 집안의 남자에게 주어진 청소라는 은하계의 결전을 마쳤을 때 화장실 밖으로 나가면 무슨 일이 벌어지는지 아니? 네 엄마가 거실에 있어. 나는 네 엄마를 위해 살고 네 엄마를 위해 죽잖니. 그런 여자가 나를 보며 이렇게 얘기한다.

"잘했어! 정말 잘했어! 당신이 3시간 반에 걸쳐 *샤워*하는 동안 *나 혼자* 이 집을 전부 청소했어! 그게 얼마나 불공평한 일인지 알아, 프레드릭?!"

그게 내가 네 엄마를 사랑하는
유일한 이유는 아니야

식당에서 포장 주문을 하려고 기다리는데 아주 헐렁한 블레이저를 입고 블루투스 이어폰을 낀 중년 남자들이 새치기를 한다.

나는 짜증이 난다. 네 엄마는 괜히 소란 피우지 말라고 한다. 그 소리에 나는 더 짜증이 난다.

중년 남자 중 한 명이 좌우를 두리번거린다. 우리를 본다. 네 엄마와 시선을 마주치자 그들이 우리 앞에서 새치기를 했다는 사실을 알아차린다. 그러자 얼른 고개를 돌리고 아무 일도 없었던 척한다.

내가 그의 어깨를 두드린다. 그는 무시한다. 나는 그를 한 대 때리고 싶다. 그런데 네 엄마가 못 하게 한다.

잠시 후에 네 엄마가 휴대전화를 꺼내 길거리로 나가서 전화를 한다. 그러고는 다시 돌아오자 누군가가 카운터 뒤에서 "64번요!" 하고 외친다. 네 엄마가 "여기요!" 하고는 줄을 선 사람들을 헤치고 나가 음식을 받고 계산한다. 그러면서 돌아오는 길에 중년 남자들의 눈을 한 명씩 똑바로 쳐다보며 미소를 짓는다.

나는 네 엄마를 보며 묻는다. "줄 서서 기다리는 동안 식당에 전화해서 주문했어?"

네 엄마는 놀란 표정으로 어깨를 으쓱하며 대답한다. "다들 그러지 않아?"

그게 내가 네 엄마를 사랑하는 유일한 이유는 아니야.

하지만 정말이지 꿀이다.

네가 엄마보다 아빠를 더 사랑해야 한다는 건 아니야,
당연히 아니지,
다만 팩트를 나열하는 것일 뿐

"칼이 나오는 건 안 돼." 칼이. 나오는 건. 안 돼.

새해 첫날에 사랑하는 가족들과 함께 영화를 고르면서
저런 말을 하는 사람은 어떤 사람일까?

저런 사람을 믿어도 될까?

자문해보기 바란다.

시행보다
착오가 많지만
최선을 다하고 있어 _____

￼

　그래. 네가 그 펠리시아라는 아이를 좋아하는 거 알아. 하지만 그 펠리시아의 엄마는 네 아빠를 좀 덜떨어진 인간 취급하거든. 그러니까 가까운 미래에는 그 아이하고 자주 놀 일이 없을 거야.

　설명이 필요하다는 표정이구나.

　음, 먼저 이 육아라는 것이 보기보다 훨씬 어렵다는 얘기부터 하고 넘어갈게. 감안해야 하는 새로운 사실들이 아주 많거든. 예를 들면 설탕. 겉보기에는 멀쩡한 사람들이 아이들과 설탕 얘기만 나오면 성난 미대생처럼 갑자기 성질을 부리는 거 아니? 진짜야. 네가 18개월이었을 때 크리스마스 즈음에 우리 둘이서 집을 지키며 '스칸디나비아식 체력 검사'용 음료(보드카랑 닥터 페퍼를 섞은 건데 네가 좀 더 크면 그때 얘기하자) 큰 거 한 잔을 나눠 마셨다고 농담을 했거든. 그러자 그 빌리암이라는 아이 아빠가 내가 너한테 술을 먹였다고 넌지시 흘렸을 때보다 탄산음료를 먹였다고 했을 때 더 노발대발하더라.

내가 그 후에 며칠 동안 갈색 종이 봉지로 싼 젖병으로 네게 우유를 먹인 것도 불난 데 부채질하는 격이었을 테지만.

그리고 네가 그걸 쏟았을 때 네 엄마가 한 아이 부모에게 "죽은 친구들을 위해 우유를 뿌리네요"라고 했던 것도 마찬가지고. (그러니까 이게 거의 다 네 엄마 때문이다!)

하지만 책임을 전가하려는 건 아니야. 50년 전에는 아이를 키우기가 지금보다 쉬웠다고 하려는 것도 아니고. 다만, 그때는 경기의 규칙이 좀 더 분명했던 것 같긴 하다. 요즘은 어디까지 사회적으로 용인이 되고 안 되는지 잘 모르겠어. 예를 들어 네가 6개월쯤 됐을 때 한 간호사가 우리더러 "낮잠을 너무 길게 재우지 마세요. 생체리듬이 흐트러질 수 있거든요"라고 한 적이 있었어. 그때만 해도 네 엄마가 "눈을 감기만 하면 「아바타」의 냉동 수면 상태로 돌입하는 것처럼 보이는 아이를 '깨우는' 게 어디 말처럼 쉬운 일이라야 말이죠"라고 해도 전혀 문제가 없었거든. 간호사는 그 말을 듣고 심지어 웃음을 터뜨렸고.

하지만 내가 "네, 네, 진짜예요! 보안 카메라를 끈 상태에서 교도소 교도관들을 동원해도 이 아이를 재우지 않을 방법이 없을 거예요!"라고 거드는 건 전혀 괜찮지가 않았다. 전혀 괜찮지가 않았지.

무슨 말을 하려는 건지 알겠어? 선을 파악하기가 쉽지 않다는 말이야.

그리고 다음번 정기검진을 갔을 때 같은 간호사가 이 월령이면 밤중 수유를 끊는 게 좋다며 "여러 가지 방법을 동원해서 먹는 양을 줄여보라"고 했거든. 그때 나는 큰 소리로 그럼 그 대신 담배나 뭐 그런 걸 가르치라는 소리냐고 했지. 그것도 잘못된 대응이었다.

부모로서 지켜야 하는 불문율이 많아. 좋은 모범을 보여주어야 해. 욕을 하면 안 되고. 네가 들어가서 노는 '베이비룸'을 '옥타곤'®이라고 불러서도 안 돼. 유치원 선생님들이 '자연이 내린 사탕'이라고 하면 대개 건포도를 뜻하지 베이컨일 때는 거의 없어. 그리고 어린아이를 키우

● 종합 격투기 대회의 팔각형 링을 지칭하는 용어.

는 부모가 텔레비전이 영유아에게 얼마나 안 좋은지 증명하는 '실질적인 연구 결과'가 있다고 친절하지만 단호하게 설명하면 모든 텔레비전 프로그램을 두고 하는 얘기다. 그냥 *나쁜* 프로그램이 아니라. 모든 프로그램.

「왕좌의 게임」을 비롯해서.

지금도 어떻게 생각해야 하는지 잘 모르겠는데, 간호사가 '건강상의 다른 문제'는 없느냐고 했을 때 그 참에 통상적으로 아이가 몇 살쯤 되면 오른발잡이인지 왼발잡이인지 알 수 있느냐고 물은 적이 있거든. 간호사가 "왜요?" 하고 묻길래 나는 대답했지. "이 아이가 레프트윙이 될 건지 라이트윙이 될 건지 궁금해서요." 그건 괜찮았을 거라고 보지만 판단을 내리기가 늘 그렇게 쉽지만은 않아. 이후로 그 간호사는 주로 네 엄마하고만 얘기를 하더구나.

아이가 태어난 이후에 만난 사람하고 대화를 나눌 때는 사회적으로 어디에서 선을 긋고 대중문화를 어디까지 인용해도 되는지 살짝 애매해진다. 텔레토비의 뽀는 거의 두 번째 시즌 내내 상당히 도발적인 Y존을 과시하는데, 네가 보기에는 유치원 학부모 간담회 때 어색한 분위기를 깨뜨리려고 던지는 농담으로 완벽할 것 같지?

하지만 아니야.

그래서 이 모든 사태에 대해 사과할게.

진심으로.

좋은 부모가 되는 건 어려운 일이야. 시행착오도 많고. 내 경우에는 시행보다 착오가 훨씬 많다만. 나는 비판을 당하면 강박적으로 농담을 늘어놓는다. 너도 지금쯤은 알아차렸을 거라고 본다만 성격상의 단점이지. 그런데 부모가 되면 절대 부족할 일이 없는 게 사람들의 비판이거든. 요즘은 애들이 그냥 애들이 아니라 부모의 정체성을 드러내는 거울이야. 어쩌다 그렇게 됐는지는 아무도 몰라. 남녀가 몸을 섞기 시작한 지 1만 년이 지났는데 갑자기 우리 세대에 이르러 아이를 스탠리컵*이라도 되는 양 산부인과 병동에서 데리고 나오기로 작정한 이유가 뭘까. 생식이 어떤 식으로 이루어지는지 우리 세대에서 인류 역사상 최초로 밝혀지기라도 한 듯이.

이제 더는 '좋은' 부모가 될 필요도 없는 것 같아. 그럴 시기는 이미 지났지. 이쯤 되면 '끔찍하지 않은' 부모만 돼

• 북미 아이스하키 챔피언에게 주는 트로피.

좋은 부모가 되는 건 어려운 일이지만,
나도 나름 최선을 다하고 있어!
다만 생각할 게 너무 많아서 그럴지.

도 만족이야. 우리가 바라는 게 있다면 앞으로 20년 뒤에 너희를 맡은 상담사들이 이게 *전-적-으-로* 우리 잘못은 아닐지 모른다고 중얼거려주는 것일 뿐.

우리가 좋은 부모라는 확신을 얻을 수 있는 몇 안 되는 방법 가운데 하나가 남들을 나쁜 부모로 매도하는 거야. 너에게 미리 밝히지만 그 분야에 있어서는 우리가 상당히 창의적인 인간이 될 수 있지. 음식, 장난감, 아이가 가끔 오후 3시 15분 이후에도 유치원에 남아 있어야 한다는 사실(3시 15분이란 말이다!!! 내가 너를 무슨 숲속에 버려두고 늑대한테 맡긴 것도 아니고!!!), 브뤼셀의 어느 기관에서 인증을 받지 않은 비유기농 플라스틱을 아주 눈곱만치 사용한 가구, 이 모든 게 꼬투리가 될 수 있어. "네? 아이한테 그걸 가지고 놀게 한다고요? 아, 음, 저는 개인적으로 저희 아이가 뇌종양에 걸리지 않았으면 하기 때문에…… 하지만 자기 아이는 각자의 방식대로 키우는 거 아니겠어요?" 이런 식으로 서로를 깎아내리거든.

아이 옷을 사면 맨 처음 입히기 전에 전부 9천 도로 삶아 빨아야 한다는 걸 모르는 딱한 부모가 있으면 그 집 아이는 돌연변이성 알레르기로 죽는다. 인류가 그런 과정을 거쳐 이 지구를 지배하는 종족으로 진화했던가 싶어. 우리가 동굴에서 살며 신생아를 매머드 가죽으로 감싸던 시절에 그 매머드 가죽을 먼저 드라이클리닝 하지 않으면 아이가 죽기라도 했던가. 심지어 공룡조차 그 압력을 감당하지 못한 행성에서 우리가 그런 식으로 목숨을 보존했던가.

그게 아니면 또 다른 게 있다. 남들보다 조금 더 신경 쓰는 식으로 남들을 나쁜 부모로 만들지 못하면 이번에는 남들보다 조금 덜 신경 쓰는 전략을 선택하는 것. 단순한 아집으로 선글라스를 쓰고, 허리에 문신을 새기고, 종이컵에 담긴 커피를 들고, "아이들은 아이처럼 지낼 수 있어야 해요. 무슨 말인지 알겠죠? 긴장 풀어요, 네?"라고 외치는 '방목식 양육' 책을 캔버스 토트백 밖으로 삐죽 내밀고 다니는 그 쿨하고 느긋한 부모들 말이야. 모호크족 헤어스타일을 하고 코에 피어싱을 한 다섯 살짜리 꼬맹이가 뒷마당에서 여동생을 맥주병 안에 집어넣으려고 하는데도 그 부모들은 그러고 다니더라.

아니면 저녁 파티 때 다른 집 부모들이 크리스마스에 아이들이 선물보다 상자에 더 관심이 많더라며 우스갯소리를 늘어놓는 동안 잘난 척 거만하게 앉아 있는 그 바보 같은 아버지들은 어떤지 아니. 누군가가 "내년 크리스마스에는 그냥 큼지막한 상자나 사줄까 봐요!" 하면 다들 깔깔대며 웃는데 그 아버지만 예외지. 또 다른 누군가가 자기 집 아이는 찬장에 있는 밀폐 용기만 가지고 놀 거라고 하면 다들 재미있어 하는데 그 아버지만 예외고.

그러다 잠시 후에 누군가가 그 아버지를 돌아보며 그 집 아이는 생각지도 못했던 희한한 물건을 가지고 놀지 않느냐고 물으면 그 아버지는 남다르고 까다로우며 반체제적이어야 하기 때문에 "맞아요. 칼이요"라고 대답하지.

내가 그 아버지란 얘기는 아니야.

하지만 네가 테오도르나 스밀라하고 더 이상 같이 놀지 못하게 된 이유 중에 그것도 있을지 몰라.

그러니까, 이 육아라는 게 보기보다 어렵단 말이다. 나는 최선을 다하고는 있어. 놀이터에 가고. 다른 부모들과 대화를 나누고. 어느 집 아이가 직장으로 초록색 뭐시기나 기타 등등을 뿜어낸다는 소식을 들으면 관심 없지만 (정말 어마어마하게 노력했지만 관심이 생기질 않더라) 고개를 저으며 "그래요오오?!" 하고 외치고. 그리고 경청하려고 진심으로 노력한다. 세심해지려고. 공감하려고. 돼지 독감 백신이 모자라고, 자격을 갖춘 교사가 부족하다는 문제가 대두되면, 너희 유치원 담벼락에 유독 성분인가 뭔가가 함유되어 있어서 머시깽이를 할 때 머시깽이를 잊어버리지 않도록 만전을 기울여야 한다는 얘기가 나오면 나도 남들만큼 열을 낸다. 나도 최선을 다하고 있어! 다만 생각할 게 너무 많아서 그렇지.

다들 "아이가 생기면 다른 집 아이들에게도 관심이 생긴다"고 하지만 그건 사실 거짓말이야. 나는 네가 태어났을 때 딱 한 아이에게만 관심이 생겼거든. 다른 집 아이들은 여전히 짜증나는 존재야.

그리고 맞아. 대개는 내가 문제라는 걸 나도 알아. 말을 귀담아 듣지 않고 진지하지 않은 게 문제라는 걸.

아이들에게 위험한 박테리아에 감염된 핫도그 기사가 신문에 실렸을 때만 해도 그래. 유치원 측에서 소풍이나 다른 때 아이들에게 절대 핫도그를 먹이지 않겠다고 확약할 수 없다고 하는 말을 듣고 그 펠리시아라는 아이의 어머니가 진심으로 흥분했거든. 내가 핫도그를 먹으면 무슨 문제가 생길 수 있느냐고 물었더니 펠리시아의 어머니는 "수막염요!"라고 쏘아붙였어. 나는 "도전해볼 만하네요!"라고 외쳤지. 그랬더니 그녀가 엄청, 엄청 화를 내더구나.

그래.

펠리시아의 어머니에게 "프로작하고 물 한 잔 드시고 좀 *하쿠나 마타타*하세요"*라고 한 게 잘못이었는지 몰라. 그러지 말았어야 했는지도.

그러고 몇 주 뒤에 그녀가 노로바이러스를 운운하며 아이들끼리 서로 접촉을 못 하게 해야 한다고, 옷도 만지면 안 된다고 살짝 열을 낸 적이 있었어. 그날은 네가 장난감 자동차로 내 얼굴을 때리는 바람에 내가 코피를 흘리며 일어난 날이었지. 나는 코피를 어찌어찌 막은 줄 알았다. 그런데 유치원에 도착했을 때 내가 외투 벗어두는 방에서 재채기를 했거든.

외투 벗어두는 방에서 재채기를 하지 말았어야 했는데.

그래서, 뭐.

나도 네가 그 펠레시아라는 아이를 좋아한다는 거 알고

* 걱정하지 말라는 뜻이다.

있어.

하지만 이렇게 된 걸 어쩌겠니.

그냥
해본 말이었어

그래. 어젯밤이었어. 11시 30분.

나는 정말, 정말, 정말 피곤했다. 그리고 너는 술 취한 독일 훌리건이 아주 기분 좋을 때 서로에게 지르는 것과 비슷한 소리를 지르며 달리고 달리고 또 달렸다. 그러다 멈추었다. 부엌으로 달려 들어갔다. 나왔다. 그러더니 자세를 잡고 인상적이리만치 무심하다고 표현할 수밖에 없는 표정으로 요거트를 서랍에 붓기 시작했다. 다짜고짜.

그때 내가 말했지, 너를 차에 태우고 드라이브를 나가면 대개 잠이 든다고. 그러자 놀러온 네 친구 엄마가 웃으며 맞는다고, 하지만 안타깝게도 집으로 돌아와 카시트에서 끄집어내면 곧 깬다고 했지.

그 말을 듣고 나는 우리 집 베이비 모니터는 분명 차고에서까지 수신이 될 거라고 말했어.

농담이었어. 대부분은. 적어도 그중 일부는 진담이 아니었어.

하지만 사회복지과 직원이 오늘 유치원으로 찾아와서 이 문제에 대해 묻고 다니지 뭐냐.

구둣방
아이들*

내 잘못이 아니라는 건 아니야.

그냥 아침에 어린아이에게 외투를 입히는 건, 방금 전에 비눗물에 담그고 할라피뇨를 먹여서 화가 난 원숭이에게 아이스하키 골키퍼 유니폼 풀세트를 입히는 것과 비슷하다고 얘기하려는 거라면 모를까.

변명하는 건 아니야.

그냥 오늘 아침에 상황이 좀 힘들었다는 거지.

네가 유치원까지 걸어가는 것도 아니잖니. 유모차를 타고 가지. 침낭처럼 지퍼를 잠그는 큼지막한 털 담요 속에 들어앉아서. 스톡홀름을 통틀어 오늘 아침에 너보다 더 따뜻하게 출근한 사람은 없어. 그냥 그렇다고.

* 구둣방 아이들이 맨발로 다닌다는 속담을 차용한 제목.

변명은 아니야.

그냥 그렇다는 거지.

하지만 그래.

그래. 그래. 그래. 알아.

바깥 기온이 영하 2도인데, 내가 유치원 앞에서 다른 부모 대여섯과 모든 직원이 보는 앞에서 너를 유모차 밖으로 꺼내 눈 더미 속으로 곧장 내려놓았지. 그리고 30초 정도 지난 다음에서야 네가 신발을 신지 않았다는 걸 알아차렸고.

그런 짓을 저질러놓고 내가 이 세상에서 가장 유능한 부모처럼 보일 수는 없겠지. 나도 이해한다.

하지만 오늘은 좀 심란하구나.

기억할 것

육아휴직을 마치고 복귀하는 남자들에게 '잘 쉬다가' 왔느냐고 하면 좋아하지 않는다.

친절한
사람이
되었으면 좋겠어 _____

＊

악하게 태어나는 인간은 없다고 말하는 사람들이 있지. 심지어 악한 사람은 없다고 말하는 사람들도 있고. 나는 학자가 아니기 때문에 그 문제에 대해 정답을 가르쳐줄 수는 없다. 내가 아는 게 있다면 이 세상에 나쁜 놈들은 존재한다는 것. 그리고 가능한 한 너는 나쁜 놈으로 자라지 않았으면 좋겠다는 것뿐이야.

내가 너에게 진심으로 가르치고 싶은 게 하나 있다면 친절한 사람이 되라는 거야. 재수 없는 사람이 되지 않는 거. 나는 재수 없는 인간으로 아주 다양한 경험을 쌓은 적이 있기 때문에 이 방면에 있어서는 나를 믿어도 좋아. 나는 '재수 없는 인간으로 지내기' 박사 학위가 있거든.

이 세상이 어떤 식으로 돌아가는지 아주 기본적인 사실을 설명하자면 다음과 같아. 놀이터가 됐건 전망창이 달린 광고 회사가 됐건 너는 어느 집단에서든 자기 주변을 항상 두 집단, 그러니까 강자와 약자로 나누는 사람을 만나게 될 거라는 거.

하지만 이 두 집단 사이에는 빈틈이 있고 다른 열 명이 여기에 속해 있을 거야. 이들이 가장 위험한 집단이지. 계층의 사다리에서 굴러떨어질까 봐 두려워하는. 그리고 이들은 항상 아래쪽을 향해 발길질을 할 거야. 그쪽 방향으로밖에 발길질을 할 줄 모르거든. 그리고 어떻게 해서든 핑계를 찾아서 자기들보다 약한 사람을 구석으로 몰 거다.

나는 다른 모든 부모와 똑같아. 네가 놀이터에서 구석으로 몰리는 아이가 될까 봐 걱정한다. 네가 맞는 아이가 되면 어쩌나 걱정하는 만큼, 때리는 아이가 되면 어쩌나 걱정하지. 나는 양쪽 모두 되어보았는데, 부위가 다르기는 하지만 아프기는 마찬가지거든.

그러니까 너하고 내가 선과 악을 주제로 대화를 나누어야 해. 왜냐하면 아빠들이 아들들한테 하는 얘기가 그런 얘기인 것 같으니까. 솔직히 어디에서부터 시작하면 좋을지 전혀 모르겠다. 그러니까 이야기를 하나 들려줄게. 너, 이야기 좋아하잖아, 그치? 이야기를 싫어하는 사람은 없지.

내가 아는 몇 안 되는 이야기 중에 하나를 들려줄게. 내가 어렸을 때 제일 좋아했던 이야기를. 그 이야기의 교훈에 집중해주기 바란다. 교훈은 중요한 거거든.

시작한다. 옛날 옛날에 언더테이커라는 레슬링 선수가 살았어.

언더테이커는 아주, 아주 오래전에 미국이라는 아주, 아주 먼 나라에서 살았지. 그러니까 무려 1990년대에. 그리고 이 왕국에서 모든 레슬링 선수의 가장 큰 소원은 수천 명의 관중 앞에서 WWE 경기에 출전해 재수가 안 따라주는 상대를 때려눕히고 황금색 챔피언 벨트를 차지하는 거였지. 사람들이 기억하는 한, 해마다 이 경기의 승자는 브렛 하트와 숀 마이클스라는 못된 왕이었다. 하지만 언더테이커가 맨 처음 링 위로 등장했을 때 아, 너도 그때 보았어야 하는데! 언더테이커는 사람들에게 더 나은 미래가 펼쳐질지 모른다는 희망을 심어주었지. 악당들이 판치는 세상에서 영웅이었어. 이자는 덩치가 트랙터만 했다. 그리고 피니시 무브는…… 미안, 잠깐만. 처음부터 다시 시작해야 하나? '피니시 무브'는 상대방을 때려눕히는 자기

만의 필살기를 말해. 그 당시에는 모든 레슬링 선수가 하나씩 가지고 있었어. 레슬링 학교에서 배우는 거야. 대항할 방법이 없는 펀치나 초크 홀드 같은 거. 탱크처럼. 아니면 불을 뿜는 탱크. 아니면 마침표, 끝, 구리구리 땡.

무슨 말인지 알겠지? 구리구리 땡을 이길 수 있는 건 없잖니.

아무튼, 언더테이커의 피니시 무브는 상대방을 거꾸로 메다꽂는 '툼스톤 파일드라이버'였어. 네 엄마는 벌써부터 그렇게 소소한 부분까지 알 필요는 없지 않으냐고 한다. 어쩌면 맞는 말일 수도 있어. 앞으로 배울 시간은 많으니까. 그런데 네 목에 뭐가 걸려서 내가 그걸 꺼내려고 너를 거꾸로 들었다가 잘못해서 떨어뜨렸다고 치자. 언더테이커의 피니시 무브가 그거랑 비슷했어. 일부러 그랬다는 것만 다를 뿐.

어어어어어어엄청 멋있었지!

그는 WWE 챔피언이 될 운명이었다. (그건 말하자면 '공주와 왕국의 절반'에 상응하는 영광이야.) 너 나 할 것 없이 언더테이커를 사랑했지. 그는 키가 크고 까무잡잡하며 잘생겼고 이두근은 래브라도 새끼만 했어. 하지만! 그 화려한

겉모습 아래에 음울한 비밀을 간직하고 있었다. 그리고 어느 날 그의 과거에서 그림자 하나가 등장했지. 그의 배다른 형제, 케인이.

케인의 부모님은 끔찍한 화재로 유명을 달리했고 다들 케인도 그때 죽은 줄 알았지. 하지만 그건 착각이었어. 얼굴에 심한 화상을 입었지만 목숨을 부지했거든. 그 안의 적의와 분노가 점점 자라났을 때 그를 해코지하고 싶어서 안달 난 사람들이 거짓말을 했어. 그를 죽이려고 그의 형 언더테이커가 불을 지른 거라고 말이야. 그래서 케인은 증오심을 불태우며 복수하고 말겠다고 맹세했지. 언더테이커가 WWE 벨트를 놓고 브렛 하트와 죽음의 한판 승부를 벌일 상대를 정하느라 숀 마이클스와 결전을 벌이고 있었을 때 느닷없이 등장한 케인이 온 왕국 앞에서 (그리고 전 세계 63개국 시청자 앞에서) 형에게 도전장을 내밀었다.

하지만 언더테이커는 동생과 싸우고 싶지 않았어. 그래서 누가 널 때리면 사람들이 권하는 방식으로 대응했지. 그냥 그 자리를 피해버린 거야. 그건 전혀 부끄러운 일이 아니다. 케인이 뒤에서 "겁쟁이!"라고 외쳤지만 그건 틀린 말이었어. 겁쟁이는 케인이었으니까. 그걸 절대 잊지 마라.

언더테이커는 자기 동생 앞에서 주먹을 들지 않았다. 하지만 케인은 못된 깡패답게 그대로 포기하지 않았지. 언더테이커를 비웃고 깔아뭉갰다. 그를 찌질이, 약골이라고 불렀고 또 뭐라고 했느냐면…… 음, 너도 나이를 먹으면 알게 되겠지만 간단하게 설명하자면 남자와 여자가 다르게 쉬를 하는 방식과 연관이 있는 단어를 썼지. 케인은 복수를 하고 말 거라고, 언더테이커의 시합마다 찾아가 결투를 신청할 거라고 공언했다. 그는 심지어 여러 번 링으로 뛰어들어 싸움을 걸었지만 언더테이커는 새끼손가락 하나 들어서 방어하지도 않고 그저 맞기만 했다. 방어를 했어야 맞는 거였을 수 있는데도!

내가 무슨 얘기를 하려는지 알겠니?

내 말은…… 형제를 때려도 된다는 게 아니야. 지금 이 시점에서는 그렇게 들릴 수도 있겠지만. 생각해보니까 내가 훌륭한 예를 든 것 같지도 않네. 하지만 내가 하고 싶은 말은 뭔가 하면 때리는 쪽이 가장 강한 사람은 아닐 수도 있다는 거야. 맞서 때리지 않는 쪽이 가장 강한 사람이지. 알겠니?

봐봐. 언더테이커는 케인을 박살 낼 수도 있었지만 그보다 마음을 넓게 쓰기로 했어. 살다 보면 너도 놀이터에서가 됐건 전망창이 달린 광고 회사에서가 됐건 승리를 장담하지 못하더라도 싸움을 거는 사람이 용감한 사람이 아니라는 걸 깨달았으면 좋겠다. 자기가 이길 걸 알면서도 참는 사람이 용감한 사람이지.

하지만 얘기가 딴 데로 새고 있구나. 아무튼, 케인은 형과 싸움을 벌이려고 노력을 하고 또 했지만 언더테이커는 계속 거부했다. 매번 그냥 자리를 피해버렸지. 그렇게 시간이 흘렀어. 모든 훌륭한 동화에서 그렇듯 케인은 결국 자신의 잘못을 깨달았지. 처음부터 자기가 착각하고 있었다는 걸, 피는 물보다 진하다는 걸. 그래서 어느 어두컴컴한 날 밤, 왕국에서 열린 레슬링 시합에서 언더테이커가 숀 마이클스와 D 제너레이션 X에 소속된 그의 사악한 들러리 세 명에게 매복 공격을 당했을 때 케인이 자기 형을 도우러 달려갔단다. 처음에 숀 마이클스는 당연히 케인이 자기 편으로 합류할 줄 알았지. 못된 깡패들은 모두 그런 식으로 생각하거든. 그들이 숫자를 앞세워서 외돌토리를 공격하기 때문에 아무도 감히 맞서 싸우지 못하는 거 아니냐. 그리고 안타깝게도 솔직히 얘기하자면 손 마이클스 같은 사람들의 짐작이 맞을 때가 많아. 그래서 못된 깡패가 계속 깡패 짓을 하는 거야. 툭하면 이기니까. 하지만 이번에는 아니었지. 절대로.

이번에는, 절대, 아니었지.

케인이 링으로 달려들어가 손 마이클스의 머리채를 잡고 초크 슬램으로 바닥에 내리꽂으니까 D 제너레이션 X의 못된 깡패들은 겁에 질린 토끼처럼 당장 도망을 쳤단다.

내가 어렸을 때 본 스포츠 경기 중에서 가장 아름다운 광경이었다.

바로 다음 날, 케인과 언더테이커는 '파괴의 형제'라는 이름의 팀을 결성했다. 그리고 레슬링 왕국을 통틀어 가장 두렵고 가장 천하무적인 전사가 되었다.

그리고 모두 행복하게 잘 살았다.

하지만 몇 년 뒤에 케인이 형을 배신하고 1998년 로열 럼블 시합에서 형을 초크로 쓰러뜨렸다. 손 마이클스가 그를 거들어 언더테이커를 상자에 가둬서 잠그고 둘이서 거기에 불을 질렀지.

하지만 그건 중요한 게 아니야. 이야기의 교훈에 집중해라.

교훈은 뭔가 하면 반격이 항상 옳은 건 아니라는 거야. 하지만 가끔 약자를 보호하려면 반격을 해야 하는 경우도 있어.

싸워도 된다는 말은 아니야. 당연히 그러면 안 되지. 네 엄마가 노발대발할 거다. 그러니까 절대 싸우면 안 돼. 물론 솜브레로를 쓴 중년의 독일 남자들이 호텔 조식 뷔페에서 새치기를 할 때는 예외지. 다들 알아, 그들은 예외라는 걸. 하지만 그게 아닌 이상 싸움은 금물이다. 네 자신을 보호해야 할 때 말고는. 또는 누군가를 보호해야 할 때 말고는. 또는 누군가가 마지막 한 개 남은 초콜릿 와플을 차지하려고 할 때 말고는. 그때 말고는 절대 안 돼!

음, 내 원래 의도는 이게 아니었는데.

아무튼, 이 세상에 악은 없다고 너를 속일 생각은 없다. 왜냐하면 악은 있거든. 가끔은 세상이 이해할 수 없고 포용할 수 없고 거침없는 악으로 득시글거리는 것처럼 느껴질 때도 있어. 폭력과 불의와 탐욕과 맹목적인 분노로.

하지만 다른 것들로 가득하기도 하지. 다른 작은 것들

싸움이 항상 옳은 건 아니야.
하지만 가끔 반격을 해야 하는 경우도 있지.
네 자신을 보호해야 할 때,
또는 누군가를 보호해야 할 때.
그때 말고는 절대 안 돼!

로. 모르는 사람끼리 나누는 친절. 첫눈에 반하는 사랑. 신의와 우정. 일요일 오후에 너의 손에 쥐어진 내 손. 화해한 두 형제. 아무도 용기를 내지 못할 때 맞서 싸우는 영웅. 막히는 시간대에 내가 켠 깜빡이를 보고 자기 차선으로 끼어들 수 있도록 사브의 속도를 늦추는 50대 남자. 여름밤. 아이들의 웃음소리. 치즈케이크.

네가 할 수 있는 건 어느 편에 서고 싶은지 결정하는 것뿐이다. 어느 집단의 일원이 되고 싶은지.

나는 항상 최고의 아버지가 될 수는 없을 거야. 나는 이미 숱한 실수를 저질렀고 앞으로도 더 많이 저지를 거야. 하지만 네가 놀이터 구석의 그런 아이가 되면 나 자신을 용서하지 못할 거다.

어느 쪽이 됐든지 간에.

나는 거의 항상 엉뚱한 쪽으로 넘어갈까 봐 바들바들 떠는, 그 중간의 열 명 중 한 명이었다. 지금도 가끔은 그래. 우리들 대부분이 그렇거든.

그러니까 너는 나와 다른 사람, 더 나은 사람이 되어주겠니? 침묵하지 마라. 눈 돌리지 마라. 여건이 허락하더라도 비열하게 굴지 마라. 친절한 걸 약한 걸로 오해하지 마

라. 전망창이 달린 광고 회사의 사무실에 서서 '착하다'는 건 모욕이라고 생각하는 그런 사람이 되지 마라.

언더테이커가 내게 그걸 가르쳤지. 내가 너에게도 똑같은 걸 가르칠 수 있으면 좋겠다.

그리고 맞아, 내가 형을 상자에 가두고 불을 지른 케인 얘기를 했다고 엄마한테는 말하지 않는 게 좋을지 몰라. 엄마는 레슬링을 잘 모르거든.

그래,
이렇게 된 일이었어

네가 안 그래도 좀 우울하던 참에 기저귀 가방에 우유를 쏟아서 이런 생각이 들었다 치자. "망할, 냄새가 코를 찌르네. 나는 세상에서 제일 한심한 아빠처럼 보일 거야!" 너는 기저귀와 여분의 옷을 넣으려고 아무 비닐봉지나 보이는 대로 집겠지. 그리고 그걸 유모차에 넣은 채로 쓰레기봉투를 들고 집 밖으로 나갈 거야. 쓰레기통 옆에서 봉지를 집어 드는데, 뭔가가 네 소매를 타고 흘러내리는 거야. 너는 좀 우울하던 참이라 이런 생각이 들지 몰라. '주스네. 좀 있으면 마르겠지.' 그러고는 아무거나 손에 집히는 걸로 그걸 닦겠지. 그런데 알고 보니 아이 용품을 챙긴 봉지에서 기저귀를 꺼내서 닦은 거지 뭐니. 잠시 후에 너는 제법 따뜻한 차에 올라탈 거야. 그러자 아이 기저귀를 갈아야 할 것 같은 느낌이 들지. 너는 생각할 거야. "아,

뭐 어때. 이미 기저귀도 손에 들고 있겠다. 기저귀에 주스 좀 묻었기로서니 큰일이야 나겠어?" 그래서 주스라 생각하고 닦은 기저귀를 아이에게 채우지. 그러고는 출발해. 20분 뒤, 노래 부르는 시간에 맞춰 유치원에 도착할 거야. 숨을 헐떡이며 시뻘게진 얼굴로. 기저귀를 담은 동네 주류 판매점 비닐봉지를 들고. 한 손에는 차 열쇠를 쥐고. 한 손에는 뜨끈한 맥주 냄새를 풍기는 아이 손을 잡고.

그런 사태가 벌어지면 우유 자국이 몇 군데 묻은 기저귀 가방을 쓰는 게 아주 매력적인 대안처럼 느껴지지. 전적으로 좋은 부모/나쁜 부모의 관점에서는 말이야.

그냥 말이 그렇다고.

네 엄마하고 말다툼을 벌여봐야
소용이 없는 이유

나는 부엌 조리대에 두었던 슈웹스 비터 레몬 병을 비우고, 그 안에 물로 희석한 주방용 세제를 넣고, 자러 들어간 사람이 누군지 궁금해한다.

네 엄마는 아침에 일어나서 꺼내놓은 지 열 시간 된 미지근한 탄산음료 병을 보고 그걸 마신 사람이 누군지 궁금해하고.

나는 아침 10시 6분에는 물로 희석한 주방용 세제가 상온 보관한 슈웹스 비터 레몬과 똑같아 보인다는 걸 모르는 사람이 누군지 궁금해한다.

네 엄마는 아침 10시 6분에 일어나자마자 어제 마시다가 개수대에 둔 탄산음료를 마시는 사람이 누군지 궁금해하고.

나는 어떤 바보가 주방용 세제를 병에 넣는지 궁금해

한다.

네 엄마는 적어도 자기는 주방용 세제를 마시는 바보는
아니라고 말한다.

네 엄마가 이긴다.

모르는 사람들에게
말을 거는 기술

    모르는 사람이 유모차 위로 허리를 숙이고 너더러 귀엽다고 할 때 절대 해서는 안 되는 두 가지 행동을 꼽으라면 다음과 같다.

1. 유모차 뒤로 몰래 숨어서 "내 꼬맹이 친구한테 인사하세요!"라고 날카롭게 외치는 것.
2. 유모차 뒤로 몰래 숨어서 "춤을 춰, 꼭두각시. 춤을 추라고 오오!"라고 날카롭게 외치는 것.

그래. 맞아. 주로 나한테 하는 얘기야.
너는 그냥 계속 지금처럼 살면 돼.

인생에서
친한 친구가
필요한 이유 _____

*

　그래, 아들아, 지금 네 주변에 보이는 모든 풍경이 '인생'이라는 거다. 가끔은 그것이 복잡해질 때도 있고 너에게 어떤 걸 요구하기도 할 거야. 너는 솔직하고 용감하며 올바르게 행동해야 할 거야. 사랑하고 사랑받아야 할 거야. 실패하고. 창피한 일을 당하고. 승리하고. 어딘가에서 추락하고. 누군가에게 빠져들어야 할 거야.

　그리고 너는 밴드를 결성해야 할 거야. 지금 이 자리에서 그 얘기를 하는 편이 좋을지 모르겠다. 이때 가장 먼저 필요한 건 훌륭한 이름이라고.

　"음악이 1순위 아니냐"며 헛소리를 늘어놓는 사람들도 있겠지만 솔직히 그렇게 얘기하는 사람들의 음악은 항상 형편없지. 1순위는 훌륭한 이름이야. '더 후'나 '더 스미스'나 '넌스 위드 건스'나 '드레이코 앤드 더 말포이스'

처럼. 전부 수준 높은 밴드 이름이지. 내 친구 R은 잠깐 동안 '스티프 니플스'라는 커버 밴드에서 활동한 적이 있었어. 그 정도면 훌륭하지는 않지만 아주 나쁘지도 않지.

나는 '프라이트닝 라이트닝'이라는 파워 메탈 밴드를 만드는 게 예전부터 꿈이었다. 티셔츠에 모든 i 자를 번개 모양으로 새기는 거지. 그게 밴드를 결성할 때 가장 중요한 부분이거든. 티셔츠에 새겼을 때 이름이 근사해 보여야 한다는 게. 프라이트닝 라이트닝을 결성했다면 내 친구 R이 스피커를, 내 친구 D는 투어 버스를, 내 친구 J는 코드와 케이블을, 내 친구 E는 주유소 핫도그 구입을, 나는 티셔츠 제작을 맡았을 거야. 당연히 네 엄마는 티셔츠는 '실질적인 악기'가 아니라고 주장하지만 솔직히 말해서 네 엄마는 음악의 이응도 몰라.

밴드를 결성할 때 두 번째로 중요한 사항은 친한 친구들과 함께 해야 한다는 거야. 살다 보면 누군가가 하이테크놀로지 시대를 살아가는 현대인에게 왜 친한 친구가 필요하냐고 너에게 딴죽을 걸려는 순간이 있을 거다. 하지만 네 엄마는 이베이에서 쓰레기를 잔뜩 사고, 우리는 기본적으로 3년마다 이사를 하지. 그러니까 실어 날라야 하는 짐이 좀 많겠니. 참, 가끔은 같이 비디오게임을 할 사람이 필요할 때도 있지. 그러니 친한 친구는 있으면 좋아.

물론 기본적으로 꼭 있어야 하는 건 아니야. 하지만 이왕 얘기가 나왔으니 몇 가지 짚고 넘어가도록 하자. 진정한 친구는 네 짝사랑 상대를 빼앗아가지 않아. '월드 오브 워크래프트' 게임에서 네 캐릭터의 아이템을 약탈하지도 않고.

그래, 기본적으로 중요한 건 그거야.

『해리 포터』의 론과 같은 절친을 사귈 수도 있겠지. 하지만 말이다. 론은 너무 징징거리지 않니? 쓸데없이 말이야. 게다가 헤르미온느를 빼앗아갔지, 나쁜 놈. 그러니까 「스타워즈」의 츄바카 같은 절친이 낫다. 네가 짝사랑하는 여자들은 츄바카가 귀엽고 얘기를 잘 들어준다고 생각하지만 그냥 친구처럼 지내고 싶어 할 테니까. 「히맨」*의 맨 앳암스도 훌륭한 선택이지. 네가 어떤 상대를 짝사랑하든 가타부타하지 않을 친구거든.

아니면 「탑건」의 구스 같은 친구도 좋아. 죽기는 하지

* 애니메이션 TV 시리즈.

만. 그건 사실 절친으로서 치명적인 결함이긴 해. 선택권이 주어진다면 나는 샘와이즈 갬지°를 선택할 거다.

샘와이즈 갬지에 대해 이러니저러니 해도 샘와이즈 갬지가 '월드 오브 워크래프트' 게임에서 네 아이템을 훔칠 일은 절대 없지!

게다가 내가 보기에 샘와이즈는 리듬 기타리스트로 제격일 것 같다. 츄바카는 드러머가 어울리고. 맨앳암스는 키보디스트. 론 위즐리, 그 나쁜 놈은 베이스를 맡겠지. 베이스가 항상 남의 짝사랑 상대를 빼앗아 가거든. 그리고 맞아, 구스는 죽었지. 그러니까 아무것도 맡을 수가 없어. 죽은 사람 역할 말고는.

밴드를 결성해야 하는 이유를 이해하지 못하는 사람도 있을 거야. 누군지 이름을 밝히지는 않을게. 한 사람을 콕 집어서 거론하고 싶지 않거니와 너도 네 엄마의 이름을 알잖니. 네 엄마는 이걸 이해하지 못해. 항상 나더러 "왜 그냥 남들처럼 만나서 커피를 마시면 안 되느냐"고, "당신은 친구들이랑 꼭 뭘 해야 직성이 풀리는 사람"이라고

●   『반지의 제왕』에서 프로도의 오른팔.

투덜거리지. 물론 그건 다 거짓말이야. 내가 꼭 뭘 해야 다른 친구들이랑 어울려서 놀 수 있는 건 아니거든. 그냥 만났을 때 같이 할 일이 있으면 좋지 않겠냐고 생각할 따름이지. 게다가 밴드 활동은 멋있잖아. 록 밴드도 좋고. 팝 밴드도 좋고. 커버 밴드도 좋지. 같이 만났을 때 서로를 쳐다보며 "하지만 우리 밴드가 대성공하면……"이라고 말할 수 있기만 하면 돼.

그리고 맞아. 우리 밴드는 아마 창고 밖으로 탈출할 일이 없을 거야. 그리고 솔직하게 얘기하자면 꼭 밴드라야 하는 것도 아니고. 절대 조직할 일 없는 미식축구팀이나 절대 살 일 없는 술집이나 절대 실행에 옮길 일 없는(철창 신세를 지기 싫어서기도 하지만 그보다는 자동화기가 담긴 가방, 수륙 양용 자동차, 빈 산소통 네 개, 지퍼백으로 만든 낙하산 열두 개, 사람만 한 꿀단지, 로봇 상어 여섯 개, 이 밖의 다른 준비물을 어디서 입수하면 되는지 아는 친구가 우리 중에 없기 때문인 게 크지. 물론 이건 전혀 상관없는 얘기지만) 완벽한 은행 강도 계획이어도 된다.

가끔은 잘 만든 티셔츠에 관심 있는 사람들이 모이는 곳에 가기만 해도 좋아. 그렇기 때문에 절친이 있어야 한다. 열다섯 살 때 네 모습을 아는 친구가. 모든 걸 시시콜콜 설명하지 않아도 되는 친구가. 위스키를 마시며 같이 누워 있을 수 있는 친구가. 연락해서 "오늘 저녁 경기 보러 갈래?" 아니면 "이번 주말에 시운전할 생각인데 같이 타고 가면서 내가 무슨 말을 할 때마다 '그녀가 그랬단 말이야?' 해줄래?" 하고 물을 수 있는 친구가.

아니면 "어어어어이, 우리 마누라가 온라인으로 또 중고 소파를 질렀는데 우리 아파트에 엘리베이터가 없어서. 혹시……"라고 얘기를 꺼낼 수 있는 친구가.

내가 모든 친구마다 같이 놀 거리를 하나씩 정해놓은 건 아니야. 내가 별종은 아니잖니? 그중 몇 명은 하나를 같이 한다. 같이 챔피언스 리그를 보거나. 같이 비디오게임을 하거나. 너도 나이를 먹으면 포커는 이 친구들하고만 치고 술집은 저 친구들하고만 가고 그런 식이 될 거야. 내 친구 N과 나는 사무실을 같이 쓴다. 내 친구 J와 나는 주로 실없는 농담을 주고받고 「패밀리 가이」를 같이 보고. 내 친구 B와 나는 돈과 정치 얘기를 한다. 내 친구 R과 나는 서로 전화해서 아이들, 하는 일, 사랑, 꿈, 걱정 등 온갖 화제를 망라해가며 몇 시간 동안 수다를 떨지. 그 친구는 내 결혼식 때 신랑 들러리를 맡아주었어. 열다섯 살 때부터 나와 단짝이었고.

내 친구 E하고는? 같이 먹는다. 그렇다고 해서 프로방스의 포도밭을 찾아다니고 크래커를 시식하고 그러는 건 아니야. 우리는 샌드위치를 먹는다. 케밥도 먹고. 주유소 핫도그도 먹고. 세상 어느 주유소 핫도그보다 그 위에 발라먹는 머스터드가 더 맛있다는 걸 가르쳐준 사람도 E였지. 몇 년 전에 스웨덴 최남단의 어느 조그만 주유소에서 전 세계를 통틀어 가장 맛있는 주유소 핫도그가 발견되었거든. E는 요즘도 "주유소 핫도그 계의 「대부」 1편과 같은" 핫도그라고 하며 아련한 눈빛을 짓지.

물론 싸울 때 뒤를 받쳐주거나 북극을 같이 횡단할 친구가 필요할 때도 있지. 하지만 햄버거 가게에 나 혼자 쓸쓸히 앉아 있어야 하는 화요일 저녁에 같이 가주는 친구가 필요할 때가 더 많거든. E가 그런 친구다.

나이를 먹으면서 여러 부류의 친구가 생긴다. 같이 테니스를 치는 친구, 같이 파티장에 가는 친구, 같이 여기저기 돌아다니며 싸움을 벌이는 친구. 예전에 내게는 같이 차를 타고 다니며 음악을 듣는 친구가 있었어. 그 친구는 내가 스무 살이었을 때 교통사고로 세상을 떠났지. E가 그날 하루 월차를 내고 65킬로미터 떨어진 장례식장까지 태워다주었다. "내가 죽음에 대해 얘기하는 건 잘 못해서." E는 운전대를 내려다보며 중얼거렸지. "괜찮아." 나는 차에서 내리며 말했지. 장례식을 마치고 나와 보니 E가 케밥두 개를 들고 나를 기다리고 있더구나. E의 차 안에서 케밥을 먹었다. 그런 다음 음악을 듣고 주유소 핫도그를 먹으며 밤새도록 차를 타고 돌아다녔지. 내가 술 마실 때만 부르는 친구들에게 연락할까 봐 E가 나를 집으로 들여보내지 않은 거였어. 누군가가 나를 위해 베푼 가장 큰 친절이었지.

우리는 나이를 먹었다. 나는 스톡홀름으로 거처를 옮겼어. 네 엄마를 만났고. 아파트와 사륜구동차를 장만했지. 그런데 사는 게 어떤지 너도 알잖니. 아니, 사실 너는 아직 모르겠지만 전과 달라. 갑자기 시간이 없어진다. 기운이 없어지고. 중요했던 게 하나둘씩 사라지지. 그렇게 어른이 된다.

그렇기 때문에 밴드가 있어야 하는 거야. 그래야 가끔 녹음실(비전문가의 용어를 빌리자면 '우리 친구 지미의 어머니의 차고')에서 만날 핑계가 생기거든. 음악 그 자체는 별로 중요하지 않아. 그 나머지가 중요하지.

E도 결국에는 스톡홀름으로 거처를 옮겼다. 그리고 나는 여기서 N을 만났지. J와 R과 나머지는 고향에 남았다. 우리 중 몇 명은 엄청나게 힘든 삶을 살고 있고, 또 몇 명은 서로 만날 일이 거의 없는데도 불구하고 똑같은 삶을 살고 있다. 몇 명은 심지어 레이지 어게인스트 더 머신도 더 이상 듣지 않는다. 하지만 요즘도 만나면 완벽한 밴드 티셔츠에 대해서 얘기한다. 그리고 완벽한 노래, 완벽한 기타 리프에 대해서도.

완벽한 추억에 대해서도.

예를 들면 우리가 열아홉 살에 R의 생일날 코가 비뚤어지도록 취했을 때, 헤어질 무렵 E가 바 카운터 위로 허리를 숙이자 R은 그 친구가 무슨 말을 하려는 줄 알고 음악 소리 사이로 들으려고 같이 허리를 숙여서 그에게 머리를 갖다 댄 적이 있었거든. 그러자 E가 R의 귀에다 토악질을 했지 뭐냐. R은 지금도 그 때문에 그쪽 귀가 잘 안 들린다고 주장하지. 그래서 더 훌륭한 기타리스트가 될 수 없었다고. "모니터링을 할 때 음향 피드백이 불안정해졌다고,

알아?"(우리야 모르지.)

내가 하고 싶은 말은 뭔가 하면 절대 변하지 않는 게 인생에 하나쯤은 있어야 한다는 거야.

그렇기 때문에 밴드가 있어야 하지. 전화해서 "새로 산 맥북은 어때?" 아니면 "AC 밀란은 요즘 뭐하고 있대?" 아니면 "우리 집에서 같이 바비큐 파티 할래?" 하고 물어도 지금은 11월이고 너는 아파트에 살지 않느냐며 끊지 않는 친구들을 확보하기 위해서라도.

아니면 소파 옮기는 거 도와달라고 하기 위해서라도.

아니면 침을 꿀꺽 삼키고 "그녀가 내 프러포즈를 받아주었어"라고 속삭이기 위해서라도.

작년에 E와 나는 스웨덴 저 북쪽의 외스테르순드 바로 옆에 있는 이테란의 조그만 길거리 술집에 간 적이 있었어. 이 나라를 통틀어 가장 큰, 4.3킬로그램짜리 햄버거를 파는 곳이었지. 사람들은 중년의 위기에 저마다 다른 방식으로 대처하거든. 어떤 이는 히말라야 등반을 하고, 어떤 이는 북극을 횡단하며, 어떤 이는 무술을 배우지. E하고 나는? 그 햄버거가 우리에게는 에베레스트였다. 점심으로 그걸 먹기 위해 왕복 열네 시간 동안 천 3백 킬로미

살다 보면 누군가가 왜 친한 친구가 필요하냐고
딴죽을 걸려는 순간이 있을 거야.
하지만 친한 친구는 있으면 좋아.
절대 변하지 않는 게
인생에 하나쯤은 있어야 한다는 거지.

터를 이동했지. 가는 길에는 '어떤 남자가 술집에 들어갔는데'로 시작되는 우스갯소리 중에 최고봉은 뭔지 토론을 벌였다. 주유소에 들러 진한 머스터드를 얹은 핫도그도 먹었고.

그날 저녁에 내가 E의 집 앞에서 E를 내려주었을 때 우리는 포옹을 했지. 내가 기억하기로 그때까지 우리가 포옹한 적은 딱 한 번뿐이었어. 네가 태어난 다음 날.

네가 그 햄버거보다 9백 그램 덜 나갔네.

그러니까 절친이 필요할 거다. 프로도도 그걸 알았지. 한 솔로도 그걸 알았고. 히맨과 매버릭도 그걸 알았고. 그 빌어먹을 책꽂이를 같이 옮길 사람이 필요하면 연락할 수 있는 친구. 아니면 "즐라탄 이브라히모비치*를 좀 더 드롭백으로 활용해야지" 아니면 "「왕좌의 게임」 이번 에피소드, 다운 잘 받아져?"라고 말할 수 있는 친구.

아니면 "내가 아빠가 된대"라고 말할 수 있는 친구.

그렇기 때문에 밴드가 있어야 한다.

---

* 현재 AC 밀란에서 뛰고 있는 스웨덴 출신의 축구 선수.

너희 할아버지가 지난 주말에 오셔서 부엌 곳곳에 안전 잠금장치를 설치하셨다.

그 결과 네가 찬장 안으로 들어가려면 이제 15초가 걸리지. 나는 30분이 걸리고.

커뮤니케이션,
건강한 결혼 생활의 열쇠

나   (창밖을 내다보며) 당신은 보조 냉장고라고 생각
        하는 커다란 상자를 발코니에 내놓고 지내는 그
        집 알지?

아내   응.

나   그 상자가 냉장고가 아닐 수도 있어.

아내   그래?

나   응. 그 안에 토끼가 살거든.

아내   뭐? 토끼? 어떻게 알았어?

나   지금 꺼내서 같이 놀고 있어.

아내   같이 놀고 있다니 그게 무슨 소리야?

나   끌어안고 쓰다듬고 있다고.

아내   (흥분한 목소리로) 발코니 냉장고에 죽은 토끼를
        넣어놓고 그걸 지금 끌어안고 쓰다듬고 있다

고?!

나　　어휴, 여보. 살아 있는 토끼야.

아내　　(노발대발하며) 살아 있는 토끼를 냉장고에 넣은 거
　　　　야???!!!

(정적)

나　　있잖아, 어떨 때 보면 당신은 내 말을 아예 듣지
　　　　않는 것 같더라.

공감 능력,
네 엄마에게는 그게 있지

네 또래의 아이를 키우는 커플과 저녁 식사를 하다가 생긴 일.

여자 (바닥에서 노는 아이들을 보며) 아이고, 벌써 이렇게 크다니. 이제는 임신 기간 동안 고생했던 게 거의 기억이 나지 않아요.

남자 그러게, 그렇게 빨리 잊히는 걸 보면 신기하지? 그때 한창 고생했는데.

여자 응, 모든 게 너무 새로웠어. 몸에 희한한 변화들이 너무 많이 일어났고.

네 엄마 말도 마요. 나는 완전 정상이 아니었어요. 살찐 몸으로 뒤뚱뒤뚱 어설프게 걸어 다니느라 모든 사람의 길을 막는 코끼리가 된 느낌이었어요.

예전에는 의자에 앉아서 책상다리를 할 수 있었
는데, 갑자기 다리만 넣어도 의자가 꽉 차질 않
나! 게다가 하루 종일 어찌나 배가 고프고 짜증
이 났는지 몰라요. 땀은 계속 나지, 속은 계속 쓰
리지…….

(정적)

네 엄마 사실 이후에 프레드릭을 더 많이 이해하게 됐어
요. 이이는 계속 그 상태로 살고 있으니까요.

사랑에 대해
아는 건
별로 없지만 _____

솔직히 말해서 나는 사랑에 대해 아는 게 별로 없다.

아니, 너를 사랑한다고 얘기할 수는 있지만 네가 그 말의 뜻을 이해할지는 잘 모르겠다. 내가 베이컨이나 맨체스터 유나이티드나 「웨스트 윙」 두 번째 시즌을 사랑하는 것과는 다르거든. 그런 종류의 사랑이 아니야. 너는 내 몸속 모든 세포를 우레와 같이 뚫고 지나가는 폭주 기관차와도 같아. 내 안에서 사랑이 점점 자라난 게 아니라 나를 압도했다는 뜻에서. 비상사태가 계속되고 있는 거지.

하지만 사랑은, 뭐라고 얘기하면 좋을지 모르겠다. 내가 아는 게 별로 없거든. 부족한 부분을 '채워주는' 사람을 만나면 그때 사랑을 느낄 수 있다고들 하는데, 글쎄, 나는 잘 모르겠다. 부족한 부분이 채워진다는 건 올바르게 된다는 뜻이거든. 이음새도 금 간 곳도 없이. 그저 완벽하게.

서로 딱 들어맞는 두 개의 퍼즐 조각. "와, 저 둘은 천생연분이네!" 하고 감탄을 자아내는 커플.

글쎄, 네 엄마는 테헤란 출신이야. 나는 스웨덴 남부 출신이고. 네 엄마는 키가 152센티미터야. 나는 185센티미터고. 나를 저울 이쪽에 놓고 네 엄마 둘을 저울 저쪽에 놓아도 내 쪽으로 추가 기울지. 나는 주머니에 손을 넣고 느릿느릿 삶을 관통한다. 네 엄마는 춤을 추고. 내가 알기로 네 엄마는 춤보다 더 좋아하는 게 없는데, 나는 시계의 리듬조차 느끼지 못한다. 사람들이 우릴 보고 어쩌고저쩌고 해도 천생연분이라고 한 사람은 없어.

그러니까 사랑에 대해서 너에게 뭐라고 얘기하면 좋을지 모르겠다. 남을 알려면 자기 자신부터 알아야 한다고 말하는 사람들이 있지. 그건 맞는 말일지 몰라. 나는 나 자신을 아는 데 막대한 시간을 투자했고 덕분에 소중한 깨달음을 잔뜩 얻었어. 예를 들면 내가 「웨스트 윙」 두 번째 시즌과 맨체스터 유나이티드를 좋아한다는 거. 그리고 베이컨도. 물론 너나 네 엄마를 사랑하는 것과는 다르지. 전혀 달라. 나는 베이컨을 남다르게 사랑한다. 너도 그럴지는 모르겠다만. 네 엄마는 항상 중얼거리지, 지구상에서 나처럼 베이컨을 사랑하는 사람은 없을 거라고. 다른 여자들은 출장 갔다 집에 오면 방바닥에 다른 여자의 속옷이 있을까 봐 걱정한다는데, 자기는 심장 충격기가 있을까 봐 걱정이라고.

너는 자라서 어떤 사람이 될지 모르겠다. 나를 얼마만큼 닮을지. 큼지막한 갈색 눈과 뺨 위로 끝도 없이 그늘을 드리우는 속눈썹은 엄마를 닮았지. 너 같은 아이를 낳으려면 속눈썹을 모조리 뽑아서 바다에 띄워 보내야 하지 않을까 싶은 날도 있어.* 너는 웃음소리도 엄마를 닮았고, 방 안에 들어서자마자 그 안의 모든 사람들을 네 쪽으로 끌어당기는 것도 엄마를 닮았지. 내가 들어서면 다들 본능적으로 라자냐 접시와 테이블 장식을 숨기는 것과는 다르게 말이다.

하지만 네 조그만 몸 안에 내 쪽 유전자가 눈곱만치라도 들어 있다면 너는 앞으로 살아갈 90 몇 년의 대부분을 허기에 시달릴 거다. 지금부터 마음의 준비를 해도 좋아. 인생이 먹을거리 중심으로 돌아갈 테니.

* 떨어진 속눈썹을 바다에다 띄워 보내면 소원이 이루어진다는 미신이 있다.

너는 내 몸속 모든 세포를 우레와 같이
뚫고 지나가는 폭주 기관차와도 같아.
내 안에서 사랑이 점점 자라난 게 아니라 나를 압도했다는 뜻에서.
비상사태가 계속되고 있는 거지.

먹을 것을 생각하고, 먹을 것을 상상하고, 먹을 것을 찾아다니고, 먹을 것을 만들고, 먹을 것을 주문하고, 먹을 것을 기다리고, 먹을 것에 대해 얘기하고, 먹을 것이 없는 이유에 대해 궁금해하고. 내 평생 메뉴판을 보며 "먹음직스러워 보이는 메뉴가 뭘까?" 하고 고민해본 적은 한 번도 없단다. 항상 양이 가장 많음직한 걸 고르느라 바빴지. 내가 만약 자서전을 쓴다면 제목이 『허기: 내 삶을 규정하는 단어』가 될 거야.

네 엄마는 다른 걸 좋아하지. 아름다운 걸 이해할 줄 알아, 그래서 부러워. 미술, 음악, 연극. 나는 중간 휴식 시간에 어떤 간식이 나오는지 궁금해하느라 그런 데 집중하지 못하는 걸까? 내가 오래 집중하지 못하는 건 사실이야. 그리고 금세 성질을 부리는 것도 사실이고. 특히 배가 고플 때. 그건 내 인생에 많은 영향을 미쳤지.

그래서 동거하기 시작했을 무렵에 네 엄마는 이른바 '진정한 어른들'이 참석하는 자리에 나하고 같이 갈 때마다 '애피타이저'라는 개념을 도입했지. 네 엄마가 말하는 '진정한 어른들'이란 수프도 한 끼 식사라고 생각하는 사람들이야. 생선 쪼가리를 대충 얹은 조그만 크래커 몇 조각과 와인 한 잔으로 버티며 두 시간 반 동안 자기들 일 얘기를 할 수 있는 사람들. 그들은 그 크래커를 '오르되브르'라고 부르던데, 믿어줘. 제대로 된 음식은 도대체 어디에 숨겨두었는지를 파헤치는 미스터리 소설과 다름없어.

이런 사람들과 만날 때마다 내가 '애피타이저'를 미리 먹은 덕분에 네 엄마와 나는 숱한 말싸움을 생략할 수 있었지. 예를 들면 우리가 처음으로 커플끼리 저녁을 먹는 자리에 참석했을 때 그 모임을 주선한 사람이 저녁 식사가 45분 늦어질 것 같다고 아무렇지 않게 말하는 순간 감자칩을 집어 먹으려고 한 사람을 향해 내가 '으르렁거렸는지' 아니면 '들으라는 듯이 헛기침을 했는지' 옥신각신할 필요가 없어졌달까.

당연한 수순이지만 이 '애피타이저' 용으로 특별히 효과가 좋은 몇 가지 기호 식품이 생겼지. 예컨대 '애피타이저' 용 핫도그. 초리소 소시지 두 개, 베이컨, 치즈, 감자 샐러드, 베어네이즈 소스, 어니언 링, 기타 등등 맛있는 재료를 풀사이즈 바게트 안에 넣은 거다. 나는 특별히 미심쩍은 행사에 참석할 때마다 그걸 먹을 거야. 내가 넥타이를 매는 걸 가지고 투덜거리면 네 엄마가 결혼식장에서 궂을 때나 좋을 때나 나를 사랑하겠다고 약속한 건 사실상 *내가 죽기 전까지*라고 상기시켜주는 그런 자리에 참석할 때마다.

나는 그걸 로레알 소시지라고 부른다. 왜냐하면 나는 그걸 먹어도 될 만큼 소중한 사람이니까.

먼저 길쭉한 숟가락으로 바게트 중간을 파낸다. (파낸 바게트는 먹어도 된다. 나는 대개 동그랗게 뭉쳐서 버터에 볶은 다음, 핫도그를 만드는 동안 애피타이저의 애피타이저 삼아 맥주와 함께 먹는다만.) 그런 다음 초리소 소시지를 볶는다. 버터에 볶을지 기름에 볶을지는 좋을 대로 선택하면 돼. 나는 둘 다 쓰지만. 그런 다음 버터를 살짝 추가한다. 그리고 맥주를 많이 추가해. 네 엄마는 내가 맥주에 뭘 볶는 걸 별로 좋아하지 않기 때문에 어떨 때는 네 할아버지, 할머니 집에서 핫도그를 만들지. 참고삼아 밝히자면 그럴 경우에는 맥주를 두 캔 준비해야 해. 왜냐하면 네 할아버지가 한 캔 마시고 싶어 하시거든.

프라이팬에 맥주를 부으면 연기가 좀 나지만 걱정할 필요는 없어. 즐라탄 이브라히모비치도 입버릇처럼 말하듯 "이 정도 수준의 프로 스포츠에서는 ×나 정상적인" 현상이니까. 나는 대개 소시지가 「선즈 오브 아나키」 드라마 속 주인공들에게 얻어맞은 것처럼 보일 때까지 볶는다. 하지만 너는 텔레비전을 별로 보지 않는다면 그 전에 꺼내도 돼.

그런 다음 베이컨을 추가한다. 몇 도에 볶을 건지는 네가 결정하기 나름이야. 나는 개인적으로 베이컨이 몸을 오그려 눈을 가린 태아 자세가 될 정도로 프라이팬을 뜨겁게 달구어서 볶는 걸 좋아하지만 각자의 취향에 따라 선택하면 돼.

베이컨을 볶는 동안 바게트 안에 맛있는 재료를 채워 넣기 시작한다. 맛있는 재료는 양심적으로 선택하면 되는데, 나는 마요네즈와 머스터드로 첫 테이프를 끊는 걸 좋아한다. 남들 의식할 필요 없어. 그래봐야 좋을 거 하나 없으니까.

머스터드? 나는 아주 톡 쏘는 걸 좋아해. 강도는 당연히 네가 선택하기 나름이지만, 나는 사투리를 써가며 너한테 비명을 지르고 갑자기 도랑에 처박힌 트럭을 꺼내야겠다거나 로마군을 무찔러야겠다며 급히 사라질 정도로 톡 쏘는 걸 좋아한다. 그 정도면 충분하지. 네 할아버지는 머스터드 씨가 가득 든 플라스틱 그릇 안에 조그만 포탄을 넣고 굴려서 엄청 훌륭한 머스터드를 집에서 만드신단다. 얼마나 톡 쏘는지 몰라. 제대로 톡 쏘지 않으면 네 할아버지는 지역 신문사에 항의 편지를 보내고, 이런저런 사법기관과 비사법기관(솔직히 전부 지어낸 기관일 때가 많지)에 신고하겠다고 머스터드를 협박하지. 그러면 머스터드가 대개 정신을 차리거든.

물론 빵에 마요네즈하고 머스터드를 그렇게 많이 발라야 하느냐고 묻는 사람들이 많아. 하지만 그러지 않으면 어니언 링이 잘 붙질 않거든. 이런 거야말로 풍부한 경험에서 우러난 중요한 정보 아니겠니.

그런 다음에는 녹인 치즈를 넣는다. 치즈를 전자레인지에 녹여도 되지만 나는 대개 소시지를 볶을 때 주걱 대신 치즈 나이프를 쓰거든. 그 나이프가 데일 듯이 뜨거운 기름 범벅일 때 그걸로 치즈를 자른다. 그러면 효율적이기도 하고 람보라면 그렇게 했을 것 같거든. 그런 다음 치즈로 소시지를 감싸고 베이컨으로 치즈를 감싼다. 치즈와 베이컨으로 침낭을 만든다고 할까. 그 소시지/베이컨/치즈 롤을 빵 안에 넣는다. 뻑뻑해서 잘 안 들어가면 마요네즈가 부족하다는 뜻이야. 그래도 괜찮아. 살다 보면 늦게 해도 되는 게 두 가지 있는데, 첫째가 미안하다고 사과하는 거고 둘째가 마요네즈를 추가하는 거니까.

이제 온갖 맛있는 재료를 빵 안에 쑤셔 넣는다. 넣고 싶은 걸 뭐든 넣어도 돼. 나는 감자 샐러드, 피클, 바삭한 어니언 링을 좋아한다. 피클이 사실상 숟가락처럼 감자 조각을 감싸며 바게트 안으로 같이 미끄러져 들어가는 이상적인 조합이지. 피클과 감자가 훈련을 받다가 서로 언 몸을 녹이며 아무한테도 이 일을 얘기하지 말자고 약속하는 군인 같지 뭐냐.

진정한 행복을 만끽하고 싶으면 그 위에 알록달록한 가니시를 얹어도 좋아. 눈으로도 먹는다잖니. 파슬리나 뭐 그런 걸 좋아하는 사람들도 있다만 나는 베어네이즈 소스를 살짝 바르고 어니언 링을 조금 추가하면 그럴듯해 보이지 않을까 싶다. 개인적인 취향의 문제지.

나가기 전에 애피타이저로 핫도그를 몇 개 먹어도 되는지는 전적으로 네가 결정하기 나름이야. 나는 세 개나 네 개 정도 먹거든. 하지만 너는 몸무게가 9킬로그램밖에 안 되니까 하나면 충분할 거야.

음.

너는 아마 이게 다 사랑과 무슨 상관이 있는지 궁금해하고 있을지 모르겠다만 이미 얘기했잖니. 나는 사랑에 대해서 아는 게 별로 없다고. 하지만 네 엄마는 채식주의자야. 그런데도 나를 선택했다.

그러니까 내가 할 수 있는 그 어떤 얘기보다 거기서 깨달을 수 있는 게 더 많지 않을까?

내가 사랑에 대해 아는 게 별로 없는 이유는 진심으로 사랑해본 여자가 한 명뿐이기 때문이다. 하지만 그녀와 보내는 하루하루는 해적이 되어 모험과 보물이 가득한 머나먼 마법의 땅을 누비는 느낌이야. 그녀의 웃음보를 터뜨리면 살짝 큰 장화를 신고 어마어마하게 깊은 웅덩이 속으로 뛰어드는 느낌이고.

나는 무디고 날카로우며 검은색과 흰색 밖에 없어. 그녀가 나의 총천연색이지.

하지만 내가 그녀의 부족한 부분을 채운다고 보지는 않아. 나는 말썽만 일으킬 뿐이지. 어쩌면 그게 포인트인지도 모르겠다만. 아무튼 지금까지 우리를 보고 완벽한 커플이라고 한 사람은 단 한 명도 없었어. 나는 그녀보다 키가 30센티미터 더 크고 몸무게는 두 배 이상 나간다. 리듬 감이 없고 균형 감각이 술 취한 판다 수준이지.

네 엄마는 이 세상에서 그 무엇보다 춤을 사랑하는데, 같이 춤을 추면 불안에 떨어야 하는 남자를 이승에서의 시간을 함께 보낼 상대로 선택했다.

나를 선택했다.

그리고 네가 태어났다. 너는 음악을 사랑하지. 그리고 네가 춤을 추면 네 엄마와 너는……. 만약 내가 영원토록 지낼 한 순간을 선택할 수 있다면 나는 그 순간을 선택할 거다.

나는 사랑에 대해서 너에게 해줄 얘기가 없어. 이게 전부야.

이글 호,
아직 착륙하지 못했다*

(오늘 아침)

아내　　오늘 차 몰고 시내에 갈 거야?

나　　응.

아내　　그럼 당신이 아이 유치원에 데려다줄 수 있어?

나　　응.

아내　　세탁소에 맡긴 카펫도 찾아다줄 수 있어?

나　　알았어.

아내　　약국도 들를 수 있어? 그리고 집에 오는 길에 장
　　　　보고?

나　　응.

---

* 닐 암스트롱이 착륙선 이글 호를 타고 달에 착륙했을 때 "이글 호, 착
륙했다"라고 한 말을 패러디한 것이다.

아내 좋았어. 나 그럼 출근한다. 이따 저녁때 만나!

(30분 뒤)

나 (전화기에 대고) 여보세요?

아내 나야! 내가 세탁소에 맡긴 카펫 찾아와야 한다
고 얘기했지?

나 응.

아내 약국에 들러야 한다는 것도?

나 음.

아내 집에 오는 길에—

나 했어! 나를 귀머거리로 아는 거야, 뭐야?

아내 아냐아냐아냐. 미안. 확인하고 싶어서. 당신 가
끔 깜빡깜빡할 때가 있잖아, 그래서—

나 내가 노망난 것도 아니고!

아내 맞아맞아맞아, 미안. 이따 저녁때 만나.

(다시 15분 뒤)

아내 안녕, 또 나야. 사무실이야?

나 아니, 차 안이야.

아내 아, 그렇구나. 아침에 아이 유치원에 데려다줬을 때 별일 없었어?

(상당히 긴 정적)

아내 여보세요?

나 (아이가 카시트 안에서 잠들어 있는 뒷자리를 쳐다본다.)

아내 여보······ 세요?

나 (헛기침을 하고) 좋아. 내 말 끝까지 들어. 내가 가끔 깜빡깜빡할 때가 있는 것도 알고 오늘 아침에 '내가 노망난 것도 아니고' 어쩌고 하면서 당신한테 막 대한 것도 알지만, 뭐라고 말하기 전에 당신이 기억해줬으면 하는 게 있는데 내가 아무리 그래도 유치원에서 아이 데려오는 걸 깜빡하는 그런 부모는 아니야······.

그 당시에는 지금처럼 멍청하고 무책임한
발상처럼 느껴지지는 않았는데

하지만 그렇다. 기억할 것. 두 살짜리에게 묻은 수정액
은 정말, 정말, 정말 잘 지워지지 않는다.

내 인생
최고의 업적은
너를 만난 거야 _____

＊

　살다 보면 인생의 의미가 뭔지 얘기해주려는 사람을 숱하게 만날 거다. 인간은 무엇을 위해 사는지. 인류 역사상 손꼽히는 지성인들이 그걸 한마디로 요약해보려고 무던히 애를 썼지. 음악가, 작가, 정치가, 철학가, 화가, 시인. 그들은 인생의 덧없는 속성과 그 아이러니, 열정, 욕망 그리고 마력에 대해 얘기하지.

　근사하고 멋진 말과 글을 남기고.

　나는 네가 그걸 모두 듣고 읽었으면 좋겠다. 말이나 글과 사랑에 빠지는 건 아주 특별한 경험이거든. 살갗 아래에서 나비처럼 퍼덕이는 느낌. 머릿속에서 회오리바람이 부는 느낌. 배를 한 방 얻어맞은 느낌.

　나는 사상가와 예지자들의 작품을 읽는다. 성스러운 책도 읽고 가장 불경스러운 책도 읽지. 우리가 누구인지 설명하는 데 평생을 바친 인류 최고 지성인들이 남긴 업적의 혜택을 만끽한다. 우리가 이 세상에서 도대체 뭘 하고 있는지.

인생의 목적은 무엇인지.

하지만 이 한 줄만큼 나를 강타한 문장도 없었다. "인생은 몇 인치의 싸움이다."

알 파치노가 한 말이야. 「애니 기븐 선데이」에서 마지막 경기를 앞두고 로커룸에서. 엄청 훌륭한 영화지. 스포츠 영화를 좋아하거나 하다못해 미식축구라도 좋아해야 그 작품의 진가를 이해할 수 있다고 얘기할 사람도 있을 테지만 그건 착각이야.

"인생은 몇 인치의 싸움이다. 미식축구도 마찬가지야. 왜냐하면 인생이건 미식축구건 둘 다 오차 범위가 너무 작거든. 반걸음만 늦거나 빨라도 성공할 수 없지. 0.5초만 늦거나 빨라도 잡을 수 없고. 우리에게 필요한 몇 인치가 온 사방에 있다. 경기가 끝나는 순간마다, 모든 1분, 1초마다. 우리는 이 팀에서 그 몇 인치를 위해 싸워야 한다."

이 세상의 어떤 사람들은, 순전히 편의상 '네 엄마'라고 부르겠는데, 내가 너한테 그 영화를 보여주려고 할 때마다 고개를 젓고, 중간에 끊고 숨을 들이마셔야 할 정도로 깊은 한숨을 쉴 거야. 하지만 너하고 내가 그렇게 멍청하지는 않잖니.

왜냐하면 인생에서 중요한 건 틈새거든.

여기 아니면 저기 있는 몇 인치거든.

나를 스톡홀름으로 인도한 구인 광고는 5인치쯤 됐을지 몰라. 전철 표는 1인치. 네 엄마를 처음 본 순간 건넌 문턱은 아마도 3인치. 맨 처음 같이 누운 침대는 약 35인치.

우리가 태어난 도시의 간격은 2천 마일일지 몰라. 처음 장만한 집은 2백 제곱피트. 태어난 아이는 키가 19인치.

그리고 총탄은 22밀리미터.

나는 네가 어린 시절을 보내는 동안 항상 허세를 부렸다는 걸 가장 미안하게 생각할 거야. 그러니까 이야기는 네가 어느 정도 나이를 먹어서 네 눈에 내가 재미있는 일은 하나도 겪어본 적 없게 느껴질 만큼 고리타분해 보일 때까지 아껴두려고 한다.

그때가 되면 흉터를 보여주면서 네가 태어나기 몇 년

전에 벌어진 일에 대해 얘기할 거야.

솔직히 그 얘기를 들어도 네 눈에는 내가 눈곱만치도 멋져 보이지 않을지 몰라. 그래도, 하는 데까지 해봐야지.

경찰에서는 평범한 강도 사건이라고 했다. 은행과 우체국과 상점에서 거의 날마다 벌어지는 그런 사건이라고. "중요한 건 개인적인 감정이 얽인 사건은 아니라는 겁니다." 그들은 이 말을 반복했지. 정확한 진상을 아는 사람은 아무도 없어. 아마 총으로 무장한 두어 명의 남자들, 운 나쁘게 그 자리에 있었던 몇 명의 사람들, 그게 전부였을 거야. 모든 강도 사건이 그렇듯. 범인들이 스트레스를 받았고, 이후에 벌어진 일은 단순한 사고였을지 몰라. 아무도 모를 일이지.

하지만 도망치면서 범인 중 한 명이 사람을 쏘았다.

너에게 경찰이나 다른 누군가를 씹는 법을 가르치고 싶지는 않아. 하지만 총에 맞고서 '개인적인 감정 없이' 받아들이는 건 힘들지 않겠니? 거기까지만 얘기하마.

총알은 내 무릎에서 약 10센티미터 위를 파고들어 대퇴골에 박혔다. 물론 그 순간에는 그런 줄 몰랐지. 총에 맞았을 때 희한한 건 뭔가 하면 어디에 맞았고 언제 맞았는지 감지할 겨를이 없다는 거야. 그러니까 나는 총이 실제로 발사됐고 총구가 나를 향하고 있었다는 사실을 깨닫기까지 1초 아니면 2초가 걸렸을지 몰라. 그리고 총구가 내 머리를 향하지는 않았다는 사실을 깨닫는 데 다시 1초가 걸렸고.

다들 똑같이 묻는다, 죽을까 봐 무섭지 않았느냐고. 그런 일이 벌어지면 눈앞에서 살아온 날들이 스쳐 지나간다고들 하지. 나도 그랬을지 모르지. 하지만 기억나는 게 있다면 강도들이 우리 모두를 바닥에 엎드리게 하고 휴대전화와 시계를 빼앗아갔다는 것뿐이야. 몇 주 전 크리스마스 때 네 엄마한테 받은 시계였는데.

우리가 사귀기 시작한 지 몇 달 안 됐을 때였어. 총이 발사됐을 때 맨 처음 든 생각은 네 엄마를 다시 못 볼 수도 있겠구나 하는 거였다. 그런 다음 내가 어렸을 때 문제가 생기면 아버지가 늘 하셨던 얘기가 생각났지.

"도대체 왜 그러는 거냐, 프레드릭. 모든 일이 항상 너한테 벌어지는 이유가 뭐냔 말이다?!"

아마 그런 다음에 또 몇 초 동안 네 엄마를 다시 만나면 기껏 비싼 시계를 선물했더니 나가서 총에나 맞는다며 짜증을 내겠구나 하는 생각을 했을 거야.

내가 그 정도로 같이 살기 힘든 인간이다.

아무튼 다들 계속 묻는다, 죽을까 봐 무섭지 않았느냐고. 그런데…… 아니었어. 내가 마초거나 심하게 용감하거나 어마어마하게 고통을 잘 참아서 그런 게 아니라 어른답게 행동해야 하는 상황일지 모른다고 본능적으로 판단했기 때문이었지. 그때만큼은. 생물학자들은 그걸 두고 '생존 본능'이라고 할지 몰라. 네 할머니한테 물으면 '번듯한 가정교육'이라고 할 테고.

하지만 나는 가만히 누워서 조용히 있지 않으면 그다음에는 총알이 목에 와서 박힐지 모른다고 생각했을 뿐이야. 그래서 꼼짝 않고 누워서 입을 다물고 있었지. 그 강도가 다시 총을 들어서 바닥에 대고 쏘았을 때 나는 그 총알에 내가 또 맞은 줄 알았다.

바로 그때 내가 죽을지 모른다는 생각이 들었지.

그 이후의 기억은 좀 뒤죽박죽이야. 하지만 후닥닥 멀어지는 운동화 소리가 들렸어. 문이 쾅 닫히는 소리도. 밖에서 쌩하니 차가 출발하는 소리도. 나더러 가만히 있으라고 사람들이 외치는 소리도. 두말하면 잔소리지만 나는 일어서려고 했지. 왜냐하면 뭐, 너도 알다시피 내가 좀 멍청하잖니.

두 발이 허공에서 허우적거렸던 기억이 난다. 만화 속 주인공들이 낭떠러지 너머로 떨어졌다는 사실을 알아차린 바로 그 순간 그런 느낌이지 않을까 싶었지.

그러고 났을 때 통증이 느껴지더라.

펄떡거리며 내 다리를 사정없이 관통하는 통증이 어찌나 어마어마한지 그 순간이 영원처럼 느껴지고 머릿속이 온통 새하얗게 변해버렸다. 마치 누군가가 나를 쏘고 쏘고 또 쏘는데 총알이 거꾸로 내 몸속에서 나와 살을 뚫고 밖으로 날아가는 듯한 느낌이었거든.

그 바닥에 얼마 동안 쓰러져 있었는지 모르겠다. 기억이 나는 건 그때 느낀 통증뿐이야.

그다음으로 생각나는 건 경찰이다. 그리고 응급구조요원들. 내가 그중 한 사람에게 소리를 질렀다는 건 알아. 그 사람이 "헬리콥터가 왔어요"라고 했는데, 나는 비행기를 싫어하거든. 그래서 어떻게 미리 얘기도 하지 않고 그럴 수 있느냐고 소리를 질렀지. 그런데 알고 보니 그 사람은 헬리콥터에 대해서 입도 벙긋한 적 없지 뭐냐. 내가 뭘 든고 그렇게 착각했는지 아무도 몰라. 인간의 심리 작용이라는 게 참 신기하지도 하지.

　잠시 후에 그들은 경주마도 앉아서 닥터 페퍼를 마시고 워드퓨드 게임을 휴대전화로 다운받을 수 있을 만한 분량의 약물을 내게 투여했다.

　그 이후로는 나보다 네 엄마 쪽에서 훨씬 더 힘들어졌어. 솔직히 나는 총에 맞았을 때 록스타와 가장 가까운 삶을 누렸거든. 모두들 어찌나 잘해주던지.

　반면에 네 엄마는 회사에서 내가 병원으로 이송되고 있다는 전화를 받았어. 전화한 사람은 규정상 자세한 상황을 설명하지 않았어. 내가 어디서 총에 맞았는지는 밝히지 않고 그냥 총에 맞았다고, 당장 와달라고만 했지. 네 엄마는 택시를 잡아 타고 내가 살았는지 죽었는지도 모르는 채 병원으로 달려왔다. 그리고 내 친구들한테 연락을 해야 했지. 우리 엄마한테도 연락을 해야 했고.

　하지만 나는? 모르핀을 맞았거든.

　너더러 약을 권하는 건 아니야. 나도 솔직히 약물을 접한 게 몇 번 안 돼. 스무 살에 사고를 당했을 때하고 태국에서 몇 달 살았을 때. 파티에 참석했다가 해변에서 잠이 들었는데, 누군가가 지워지지 않는 매직으로 **와사비**라고 적어놓은 티셔츠를 입고 전혀 엉뚱한 섬에서 깨어났지 뭐냐. 이후로 2주 동안 양파 맛 감자칩과 토마토 주스를 얼마나 먹어치웠나 몰라. 그 이후로 약물은 나하고 맞지 않는 것 같다는 결론을 내렸지.

하지만 모르핀은, 아이구야.

기억나는 게 있다면 간호사들이 나를 들어서 들것으로 옮겼을 때 내가 노래를 부르고 있었다는 것뿐이야. 무슨 노래였는지는 정확하지 않지만 아이언 메이든의 「어프레이드 투 슛 스테레인저스」였던 것 같아. 그리고 잠시 후에 한 간호사가 내 손을 잡고 한쪽 옆으로 몸을 돌릴 텐데 겁먹지 말라고 가만히 속삭였던 기억이 난다. 병원에 왔는데 그녀가 총을 꺼내 들지 않는 이상 겁먹을 일이 뭐가 있을까 생각했었지. 심지어 우스갯소리도 늘어놓았던 것 같아. 간호사는 손님이 늘어놓는 얘기를 듣고 깍듯한 가게 점원처럼 미소를 지었지. 그런 다음 간호사들이 나를 옆으로 돌려서 눕혔어. 내 뒤편을 미친 듯이 더듬는 네 사람의 손길이 느껴지더구나. 나는 내 옷에 피가 하도 많이 묻어 있어서 여러 군데 총을 맞았는지 확인하려는 과정이라는 것을 그제야 알아차렸지.

그래. 그쯤 되니까 상당히 겁이 나더라.

하지만 잠시 후에 나는 모르핀을 한 번 더 맞았다. 그로써 모든 게 해결이 됐지.

수술실로 실려 들어가면서 간호사에게 내 여자 친구를 찾아서 나는 괜찮다고, 전부 별일 없을 거라고 전해달라고 했던 기억이 난다. 그 간호사는 내 머리를 토닥이며 걱정 말라고 했지. 나는 당장 그녀의 손목을 잡고 눈을 똑바로 쳐다보면서 외쳤다. "내 여자 친구를 모르니까 그런 소리 하죠! 내가 아니라 이 병원 직원들이 걱정돼서 하는 얘기예요!" 그랬더니 다시 모르핀 주사를 맞히더구나.

하지만 누군가가 내 말을 진지하게 받아들였는지, 잠시 후에 다른 간호사가 대기실 문을 열고 조용히 하라는 뜻에서 네 엄마의 입술에 한 손가락을 댄 다음 따라오라고 고개를 끄덕였단다. 네 엄마는 분명 어마어마하게 겁이 났을 거야. 그때 울고 있었다는 건 알아. 내가 태풍의 눈 속에서 아무 일 없이 있는 동안 네 엄마가 바람에 휩쓸린 격이었다고 할까.

남은 생애 동안 어떤 사람 곁에서 눈을 뜨고 싶다는 생각을 한 게 정확히 언제였는지 분, 초까지 얘기할 수 있는 행운아가 과연 몇 명이나 될까.

　네 엄마는 입버릇처럼 얘기한다, 앞장서서 계단을 오르내리고 복도를 걸어가던 간호사가 갑자기 어떤 문을 연 순간 자기 안의 모든 게 무너졌다고. 내가 피를 뒤집어쓴 채 들것에 누워 있었거든. 나는 고개를 돌려서 그녀를 보았을 때 두근거리는 심장을 손끝으로 느꼈지. 나는 그걸 죽을 때까지 잊지 못할 거야. 나는 바로 그때 내가 그녀를 지구 끝까지라도 따라갈 거라는 걸 알았지.

　그리고…… 그래. 네 엄마도 바로 그 순간 똑같은 감정을 느꼈다고 얘기할 수 있으면 얼마나 좋을까. 하지만 뭐, 그게 말이다.

　내가 약에 취해서 정신이 없었거든.

　그래서 네 엄마가 터질 것 같은 심장을 달래고 뺨 위로 눈물을 쏟으며 계단을 오르내리고 복도를 지나 진정제를 심하게 맞은 코뿔소처럼 맛이 가서 들것 위에 누워 있는 나를 보았을 때, 나는 간호사들에게 한 배를 탄 아일랜드 남자 둘이 등장하는 우스갯소리를 늘어놓고 있었지 뭐냐.

그러니까 바로 그때 네 엄마는 나한테 치가 떨리도록 진절머리가 났을지 몰라. 백 퍼센트 솔직하게 고백하자면 말이야.

하지만 네 엄마는 내 곁을 떠나지 않았어. 나는 너에게 유전자의 절반을 물려준 걸 제외하면 그거야말로 내 인생 최고의 업적이라고 생각한다.

의사들이 내 다리에 박힌 총알을 끄집어냈지. 보기와는 다르게 그렇게 드라마틱하지는 않았어. 진짜 드라마는 다음 날, 모든 약효가 떨어지고 간호사가 와서 소변줄을 빼려고 했을 때…… 좀 더 나이를 먹으면 소변줄을 어디에 꽂는지 너도 알게 될 거다. 그리고 간호사가 나더러 소변줄을 뺄지 그 자리에서 다른 쪽 다리를 총에 맞을지 선택권을 주었다면 나는 잠깐 고민했을지 몰라.

이쯤에서 짚고 넘어가자면 나는 그래도 운이 좋은 편이었어. 내 옆자리에 누워 있었던 남자도 그날 아침에 소변줄을 뺐거든. 텐트를 치고 있다가.

아무튼.

그런 다음 약을 한 통 주면서 퇴원하라고 하더라. 따져 보면 내가 입원한 기간이 꼬박 하루도 안 돼. 잭 바워*가

「24」한 편을 제대로 갈무리하기도 전에 총에 맞고 총알을 제거하고 다시 내 방 침대로 돌아온 거지.

인생에서 중요한 건 소소한 틈새다.

여기 아니면 저기 있는 몇 인치다.

경찰에서 나중에 내가 어떤 총에 맞았는지 보여주었어. 내가 어디에 엎드려 있었는지 알려주면서 총구의 각도가 조금만 달랐어도 어떻게 되었을지 설명했지. 강도가 조금 더 오른쪽을 겨누었더라면 나는 아빠가 되지 못했을 수도 있었어. 조금 더 위쪽을 겨누었더라면 두 번 다시 걷지 못했을 수도 있었고. 거기서 조금 더 위쪽을 겨누었더라면 음, 나는 지금 이 글을 쓰고 있지 못했을 거다.

나는 한 달 동안 진통제를 먹었다. 두 달 동안 목발 신세를 졌고. 석 달 동안 상담 치료를 받았다. 봄이 다 지난 다음에서야 다시 제대로 걸을 수 있었고, 여름이 다 지난 다음에서야 더 이상 한밤중에 고함을 지르며 깨어나지 않을 수 있었지. 네가 만약 네 엄마가 나한테 과분한 사람이라고 내가 수도 없이 강조하는 이유가 뭐냐고 물으면 1만

• 미국 TV 드라마 「24」의 주인공.

가지 이유를 댈 수 있어.

하지만 고함을 지르며 깨어났던 밤들도 그중 하나지.

네 엄마는 사자야. 그걸 잊으면 안 된다. 모두들 나를 챙겼고 약을 주었고, 총에 맞으면 어떤 기분인지 경험담을 듣는 대가로 택시를 공짜로 태워주고 동네 술집에서 맥주를 사주었지. 하지만 내가 거꾸러져 무너졌을 때 우리 삶을 지탱한 사람은 네 엄마였다. 남들보다 더 열심히 일을 해서 우리 공과금을 해결하고 내 허벅지에 볼펜 깊이로 생긴 지저분한 상처를 감은 붕대를 매일 밤낮으로 갈아준 사람은 네 엄마였다. 내가 혼자서 처음으로 욕조 안에 들어갔다고 그거 하나 자랑하려고 회사로 전화하면 월드컵 결승전에서 결승골이라도 넣은 것처럼 환호한 사람은 네 엄마였다. 내가 공황 발작을 일으키지 않고 슈퍼마켓에서 줄 서는 법을 처음부터 다시 배워야 했을 때 내 손을 잡아주며 전부 잘될 거라고 장담한 사람은 네 엄마였다.

사실상 총알을 제거한 사람은 네 엄마였다. 그걸 잊으면 안 돼.

그해 가을에 우리는 바르셀로나에 갔고, 조그만 교회

나에게 너와 네 엄마는
가장 근사하고 가장 환상적이며 가장 두려운 모험이야.
나는 너희 두 사람이 그 모험에
나를 계속 초대해준다는 데 날마다 놀라곤 한다.

옆 조그만 광장에서 나는 한쪽 무릎을 꿇고 두 번 다시 다른 남자한테 젖은 수건을 바닥에 내팽개쳤다고 짜증을 내지 말아달라고 부탁했다. 그 바로 이듬해 여름에 우리는 결혼식을 올렸지. 그리고 3주가 지났을 때 네 엄마가 새벽에 플라스틱 막대로 내 이마를 미친 듯이 세게 때리며 나를 깨우더구나. "한 줄이야 두 줄이야? 당신이보기에는한 줄이야두줄이야???"

그리고 바로 이듬해 봄에 네가 태어났어. 인생에서 중요한 건 소소한 틈새.

그러니까 너희 유치원 대문 옆에 서서 내가 너의 손을 살짝 세게 잡으면, 또는 살짝 오래 잡으면, 그래서 그러는 거야. 대부분의 사람들은 자기가 언젠가는 죽을 운명이라는 걸 절대 모르지.

나중에 내가 너와 네 친구들에게 흉터를 보여주면 네 친구들은 너와 함께 멀찌감치 걸어가면서 눈을 동그랗게 뜨고 물을 거다. "진짜야? 진짜 너희 아빠가 총에 맞았어?" 그러면 너는 극적인 효과를 위해 몇 초 동안 아무 대답도 하지 않겠지. 허리를 펴고 똑바로 서겠지. 천천히, 덤덤하게 고개를 끄덕이겠지. 친구들의 눈을 한 명씩 똑바로 쳐다보겠지. 그런 다음 어깨를 으쓱하고 이렇게 대답하겠지. "아니야, 우리 아빠가 실없는 소리를 워낙 많이 하거든. 아마 태어날 때부터 있었던 반점일 거야!"

내가 계속 네 앞에서 허세를 부린다고 화를 내지는 말았으면 좋겠다. 이 책을 보고 나를 원망하지는 말았으면 좋겠다.

나에게 너와 네 엄마는 가장 근사하고 가장 환상적이며 가장 두려운 모험이야. 나는 너희 두 사람이 그 모험에 나를 계속 초대해준다는 데 날마다 놀라곤 한다.

그러니까 항상 기억해라. 내가 비협조적으로 나올 때마다. 내가 창피하게 느껴질 때마다. 황당하고 부당하게 굴 때마다. 네가 내 차 열쇠를 숨겨놓고 어디에 숨겼는지 죽어도 불지 않았던 그날을 돌아봐.

그리고 이걸 먼저 시작한 쪽은 너였다는 걸 절대 잊지 마라.

옮긴이 이은선

연세대학교에서 중어중문학을, 국제학대학원에서 동아시아학을 전공했다. 편집자, 저작권 담당자를 거쳐 전문 번역가로 활동 중이다. 옮긴 책으로는 『불안한 사람들』 『일생일대의 거래』 『우리와 당신들』 『베어타운』 『하루하루가 이별의 날』 『할머니가 미안하다고 전해달랬어요』 『브릿마리 여기 있다』 『불타는 소녀들』 『디 아더 피플』 『애니가 돌아왔다』 『초크맨』 『위시』 『미스터 메르세데스』 『사라의 열쇠』 『셜록 홈즈:모리어티의 죽음』 『딸에게 보내는 편지』 『11/22/63』 『통역사』 『그대로 두기』 『누들 메이커』 『몬스터』 『리딩 프라미스』 『노 임팩트 맨』 등이 있다.

나보다 소중한 사람이 생겨버렸다

초판 1쇄 발행 2021년 9월 6일
초판 3쇄 발행 2021년 10월 5일

지은이 프레드릭 배크만
옮긴이 이은선
펴낸이 김선식

경영총괄 김은영
책임편집 김보람 **크로스교정** 김정현, 박하빈 **책임마케터** 이미진
콘텐츠사업2팀장 김보람 **콘텐츠사업2팀** 이은혜, 박하빈, 이상화
마케팅본부장 이주화 **마케팅3팀** 이미진, 박태준
미디어홍보본부장 정명찬 **홍보팀** 안지혜, 김재선, 이소영, 김은지, 박재연, 오수미, 이예주
뉴미디어팀 허지호, 임유나, 배한진
리드카펫팀 김선욱, 염아라, 김혜원, 이수인, 석찬미, 백지은
저작권팀 한승빈, 김재원
경영관리본부 허대우, 하미선, 박상민, 김민아, 윤이경, 김소영, 이소희, 이우철, 김재경, 최완규, 이지우, 김혜진, 오지영
외부 스태프 디자인 어나더페이퍼 **일러스트** 슬로우어스

펴낸곳 다산북스 **출판등록** 2005년 12월 23일 제313-2005-00277호
주소 경기도 파주시 회동길 490
대표전화 02-704-1724 **팩스** 02-703-2219 **이메일** dasanbooks@dasanbooks.com
홈페이지 www.dasanbooks.com **블로그** blog.naver.com/dasan_books
종이 아이피피 **인쇄·제본** 한영문화사 **후가공** 평창피앤지

ISBN 979-11-306-4071-6 (03850)